陶庵夢憶
西湖夢尋
合刊

張岱的明末生活記憶

【明】張岱 原著
蔡登山 主編

【導讀】

塵緣如夢話張岱

蔡登山

張岱是明末清初重要的散文家及史學家。他的小品，灑脫不拘似徐渭，性靈雋永似中郎，詼諧善謔似思任，並能在博採眾長的基礎上，自成風格。張岱寫人撰史，力求其真。他認為「有明一代，國史失誣，家史失諛，野史失臆」，總而言之是失真的。而他自己撰史「事必求真，語必求確」，「稍有未核，寧闕勿書」。他以寫真傳神為其撰史的美學追求，力求「得一語焉，則全傳為之生動；得一事焉，則全史為之活現」。他撰述的史傳，標誌出他所追尋的人生價值；而他清奇雋永的小品文則波蕩出他的生命情調。

張岱（一五九七至？）又名維城，字宗子，又字石公，號陶庵、天孫，別號蝶庵居士，晚號六休居士，山陰（今浙江紹興）人。生於明萬曆二十五年（一五九七），卒於清康熙年間，卒年有多種說法，但至少活過八十三歲以上。他的先世是四川劍州人，故自稱「蜀人張岱」。張岱的高祖天復，明嘉靖二十六年（一五四七）進士，官至雲南按察副使，甘肅行太僕卿。曾祖元汴，明隆慶五年（一五七一）狀元，官至翰林院侍讀，詹事府左諭德。祖父汝霖，萬曆二十三年

（一五九五）進士，官至廣西參議。父親張耀芳，副榜出身，為魯藩右長史。張岱可說是出身於仕宦之家。

除此而外他也是出身於書香門第，他的先輩均是飽學之儒，精通史學、經學、理學、文學、小學和輿地學。天復、元汴父子曾撰修《紹興府志》、《會稽志》及《山陰志》，「三志並出，人稱談遷父子」。祖父汝霖，「幼好古學，博覽群書」。至老，手不釋卷。曾積三十年之精神，撰修《韻山》，後因與《永樂大典》類同而輟筆。張岱還出身於一個文藝之家。祖孫幾代都工詩擅文，都有著述。天復有《鳴玉堂稿》，元汴有《不二齋稿》，汝霖有《石介園文集》，耀芳「善歌詩，聲出金石」。

因此張岱早歲就憑藉其顯赫富裕的家世，擁有極講究美感品味的豪奢生活。他在〈自為墓誌銘〉文中就說：「少為紈絝子弟，極愛繁華。好精舍，好美婢，好孌童，好鮮衣，好美食，好駿馬，好華燈，好煙火，好梨園，好鼓吹，好古董，好花鳥，兼以茶淫橘虐，書蠹詩魔，勞碌半生，皆成夢幻。」富家子弟的豪奢習氣，兼以當時江南文化的精緻頹放文化，讓張岱的前半生都在精於鑑賞、注重享樂的生活中度過，他可以冠上美食家、生活藝術家等等稱號，不一而足。

而到了明崇禎十七年的「甲申之變」，明朝滅亡，清兵入關，家毀國亡，整個改變了張岱的一生，此時他四十九歲。據《紹興府志》說：「及明亡，避亂剡溪山。岱素不治生產，至是家道益落，故交友朋多死亡，葛巾野服，意緒蒼涼，語及少壯穠華，自謂夢境，著書十餘種，率以夢名。」而在他的〈自為墓誌銘〉則說：「年至五十，國破家亡，避跡山居。所存者，破床碎几，折鼎病琴，與殘書數帙，缺硯一方而已。布衣蔬食，常至斷炊。回首二十年前，真如隔世。」國變之後，張岱至交倪元璐、祁彪佳等人殉國，祁彪佳之二子理孫、班孫等謀興復國，未成家敗。張岱是否也參加反清復明的活動，目前沒有資料證明。但當時張岱已無求生意志，甚至他的自輓都已寫成了，所以支持他不死的精神支柱，是他發願要撰寫明史，為故國撰史。他在〈陶庵夢憶序〉中說：「陶庵國破家亡，無所歸止，披髮入山，駴駴為野人。故舊見之，如毒藥猛獸，愕窒不敢與接。作自輓詩，每欲引決，因《石匱書》未成，尚視息人世，然瓶粟屢罄，不能舉火，始知首陽二老，直頭餓死，不食周粟，還是後人粧點語也。」《石匱書》經過五易其稿、九正其訛，費時二十七年才完成，是一部為故國招魂的不朽史書。除此而外，張岱還著有《琅嬛文集》、《陶庵夢憶》、《西湖夢尋》、《三不朽圖贊》、《夜航船》、《四書遇》等文學名著。

張岱著作中流傳最廣的首推《陶庵夢憶》，作於甲申之後，隱居初期。張岱以遺民身份來追憶亡國前之經歷見聞，從飲食、旅遊、古玩、戲劇、園林、技藝、花草、住所、名人等方面描繪，具現江南風物人情，其文史及藝術之價值極高。該書由一百二十七篇小品文組成，據研究者分析，其內容可分為三大類，分別是生活享樂、自然遊賞、文化藝術。而生活享樂又可分：膳食飲茶（十篇）、園林居所（十六篇）、生活趣味（十七篇）、奇人異士（十六篇）；而自然遊賞又可分：旅遊覽勝（三十三篇）、花草鳥獸（十二篇）；而文化藝術又可分：音樂戲劇（十一篇）、珍奇古玩（十二篇）。

張岱這些小品文既不是傳統散文的正經煌煌，它長短隨心，有十幾字的尺牘，到六、七百字的山水遊記，無不可入話。張岱善於用整飭凝煉的詩化語言抓住人物的本質特徵進行勾勒，顯現出簡潔乾淨，詩意濃郁的氛圍。張岱論寫人物，則謂「人無癖，不可與交，以其無深情也；人無疵，不可與交，以其無真氣也」。這正是晚明文人名士狂狷不羈，玩物玩世的突出表現。正因為張岱能抓住傳主的癖和疵來著力刻畫，所以筆下的人物，個個鮮活，人人傳神。

張岱的小品文在明清文學中佔有極重要的地位，比如沈啟无在他所編選的《近代散文鈔》中所選的十六位作家中，張岱的散文就被選了二十七篇，選錄的數量最多，其次才是袁宏道。而名作家汪曾祺也說過：「我的散文大概繼承了一點明清散文和五四散文的傳統，有些篇可以看出張岱和龔定庵的痕跡。」

《西湖夢尋》是張岱的山水園林小品。除對西湖山水園林設色描繪外，又特別針對其中的掌故軼事，做了深刻的考究與敘寫，可算是一部西湖深度旅遊的書籍。王雨謙在〈西湖夢尋序〉稱：「張陶庵盤礴西湖四十餘年，水尾山頭，無處不到。湖中典故，真有世居西湖之人所不能識者，而陶庵識之獨詳；湖中景物，真有日在西湖而不能道者，而陶庵道之獨悉。今乃山川改革，陵谷變遷，無怪其驚惶駭怖，乃思夢中尋往也。」

張岱自述其祖父有別墅寄園在西湖，他本人也曾讀書李氏岣嶁山房。在闊別西湖二十八年期間，西湖無日不入其夢中。於是「作《夢尋》七十二則，留之後世，以作西湖之影」。《西湖夢尋》是張岱在魂牽夢繞的憶舊戀舊情結中，撫今追昔，抒發家國之痛的。他說：「李文叔作

《洛陽名園記》，謂以名園之興廢，卜洛陽之盛衰；以洛陽之盛衰，卜天下之盛衰。誠哉，言也。余於甲午年，偶涉於此。故宮離黍，荊棘銅駝，感慨悲傷，幾效桑苧翁之遊笤溪，夜必慟哭而返。」張岱的文筆，向以冷靜凝煉著稱，幾乎不動任何感情，而天地無言，似乎更具動人的力量。他抒發亡國之痛、黍離之悲，也就成了他《陶庵夢憶》、《西湖夢尋》兩夢的基調。

目次

CONTENTS

《西湖夢尋》

《陶庵夢憶》

夢憶序

陶庵國破家亡，無所歸止，披髮入山，駴駴為野人。故舊見之，如毒藥猛獸，愕窒不敢與接。作自輓詩，每欲引決，因《石匱書》未成，尚視息人世，然瓶粟屢罄，不能舉火，始知首陽二老，直頭餓死，不食周粟，還是後人粧點語也。

飢餓之餘，好弄筆墨，因思昔人生長王謝，頗事豪華，今日罹此果報：以笠報顱，以簣報踵，仇簪履也；以衲報裘，以苧報絺，仇輕煖也；以藿報肉，以糲報粻，仇甘旨也；以薦報床，以石報枕，仇溫柔也；以繩報樞，以甕報牖，仇爽塏也；以煙報目，以糞報鼻，仇香艷也；以途報足，以囊報肩，仇輿從也；種種罪案，從種種果報中見之。雞鳴枕上，夜氣方回，因想余生平，繁華靡麗，過眼皆空，五十年來，總成一夢。今當黍熟黃粱，車旅蟻穴，當作如何消受！遙思往事，憶即書之，持向佛前，一一懺悔。不次歲月，異年譜也；不分門類，別志林也。偶拈一則，如遊舊徑，如見故人，城郭人民，翻用自喜，真所謂癡人前不得說夢矣。

昔有西陵腳夫，為人擔酒，失足破其甕，念無所償，癡坐佇想曰：「得是夢便好！」一寒士鄉試中式，方赴鹿鳴宴，恍然猶意非真，自嚙其臂曰：「莫是夢否？」一夢耳，惟恐其非夢，又惟恐其是夢，其為癡人則一也。余今大夢將寤，猶事雕蟲，又是一番夢囈。因嘆慧業文人，名心難化，正如邯鄲夢斷，漏盡鐘鳴，盧生遺表，猶思摹搨二王，以流傳後世。則其名根一點，堅固如佛家舍利，劫火猛烈，猶燒之不失也。

陶庵夢憶序

陶庵老人著作等身，其自信者尤在《石匱》一書。茲編載方言巷詠、嘻笑瑣屑之事，然略經點染，便成至文，讀者如歷山川，如睹風俗，如瞻宮闕宗廟之麗，殆與《采薇》、《麥秀》同其感慨而出之以詼諧者歟？老人少工帖括，不欲以諸生名。大江以南，凡黃冠、劍客、緇衣、伶工，畢聚其廬。且遭時太平，海內晏安，老人家龍阜，有園亭池沼之勝，木奴、秫粳，歲入緡以千計，以故鬥雞、臂鷹、六博、蹴踘、彈琴、劈阮諸技，老人亦靡不為。今已矣，三十年來，杜門謝客，客亦漸辭老人去。間策杖入市，人有不識其姓氏者，老人輒自喜，遂更名曰蝶庵，又曰石公。其所著《石匱書》，埋之瑯嬛山中。所見《夢憶》一卷，為序而藏之。

卷一

鍾山

鍾山上有雲氣，浮浮冉冉，紅紫間之，人言王氣，龍蛻藏焉。高皇帝與劉誠意、徐中山、湯東甌定寢穴，各誌其處，藏袖中。三人合，穴遂定。門左有孫權墓，請徙。太祖曰：「孫權亦是好漢子，留他守門。」及開藏，下為梁誌公和尚塔。真身不壞，指爪繞身數匝。軍士輦之不起。太祖親禮之，許以金棺銀槨，莊田三百六十奉香火，舁靈谷寺塔之。今寺僧數千人，日食一莊田焉。陵寢定，閉外羨，人不及知。所見者門三、饗殿一、寢殿一，後山蒼莽而已。壬午七月，朱兆宣簿太常，中元祭期，岱觀之。饗殿深穆，暖閣去殿三尺，黃龍幔幔之。列二交椅，褥以黃錦孔雀翎，織正面龍，甚華重。席地以氈，走其上必去舄輕趾。稍咳，內侍輒叱曰：「莫驚駕！」近閣下一座，稍前為碽妃，是成祖生母。成祖生，孝慈皇后妊為己子，事甚秘。再下東西列四十六席，或坐或否。祭品極簡陋。硃紅木簋、木壺、木酒罇甚粗樸。簋中肉止三片，粉一鋏，黍數粒，冬瓜湯一甌而已。暖閣上一几，陳銅爐一、小筯瓶二、杯棬二；下一大几，陳太牢一、少牢一而已。他祭或不同，岱所見如是。先祭一日，太常官屬開犧牲所中門，導以鼓樂旗幟，牛羊自出，龍袱蓋之。至宰割所，以四索縛牛蹄。太常官屬至，牛正面立，太常官屬朝牲揖，揖未起，而牛頭已入燂所。燂已，舁至饗殿。次日五鼓，魏國至主祀，太常官屬不隨班，侍立饗殿上。祀畢，牛羊已臭腐不堪聞矣。平常日進二饍，亦魏國陪祀，日必至云。

戊寅，岱寓鷲峯寺。有言孝陵上黑氣一股，沖入牛斗，百有餘日矣。岱夜起視，見之。自是流賊猖獗，處處告警。壬午，朱成國與王應華奉敕修陵，木枯三百年者盡出為薪，發根，隧其下數丈，識者為傷地脈、泄王氣，今果有甲申之變，則寸斬應華亦不足贖也。孝陵玉石二百八十二年，今歲清明，乃遂不得一盂麥飯，思之猿咽。

報恩塔

中國之大古董，永樂之大窰器，則報恩塔是也。報恩塔成於永樂初年，非成祖開國之精神，開國之物力，開國之功令，其膽智才略足以吞吐此塔者，不能成焉。塔上下金剛佛像千百億金身。一金身，琉璃磚十數塊湊成之，其衣摺不爽分，其面目不爽毫，其鬚眉不爽忽，鬥筍合縫，信屬鬼工。聞燒成時，具三塔相，成其一，埋其二，編號識之。今塔上損磚一塊，以字號報工部，發一磚補之，如生成焉。夜必燈，歲費油若干斛。天日高霽，霏霏靄靄，搖搖曳曳，有光怪出其上，如香煙繚繞，半日方散。永樂時，海外夷蠻重譯至者百有餘國，見報恩塔必頂禮讚嘆而去，謂四大部洲所無也。

天臺牡丹

天臺多牡丹，大如拱把，其常也。某村中有鵝黃牡丹，一株三幹，其大如小斗，植五聖祠前。枝葉離披，錯出簷甃之上，三間滿焉。花時數十朵，鵝子黃鸝、松花蒸栗，萼樓穰吐，淋漓簇遝。土人於其外搭棚演戲四五臺，婆娑樂神。有侵花至漂髮者，立致奇祟。土人戒勿犯，故花得蔽芾而壽。

金乳生草花

金乳生喜蒔草花。住宅前有空地，小河界之。乳生瀕河構小軒三間，縱其趾於北，不方而長，設竹籬經其左。北臨街，築土牆，牆內砌花欄護其趾。再前，又砌石花欄，長丈餘而稍狹。欄前以螺山石纍山披數摺，有畫意。草木百餘本，錯雜蒔之，濃淡疏密，俱有情致。春以罌粟、虞美人為主，而山蘭、素馨、決明佐之。春老以芍藥為主，而西番蓮、土萱、紫蘭、山礬佐之。夏以洛陽花、建蘭為主，而蜀葵、烏斯菊、望江南、茉莉、杜若、珍珠蘭佐之。秋以菊為主，而剪秋紗、秋葵、僧鞋菊、萬壽芙蓉、老少年、秋海棠、雁來紅、矮雞冠佐之。冬以水仙為主，而長春佐之。其木本如紫白丁香、綠萼玉楳蠟梅、西府滇茶、日丹白梨花，種之牆頭屋角，以遮烈日。乳生弱質多病，早起不盥不櫛，蒲伏堦下，捕菊虎，芟地蠶，花根葉底，雖千百本，一日必一週之。瘇頭者火蟻，瘠枝者黑蚰，傷根者蚯蚓、蜒蝣，賊葉者象幹、毛蝟。火蟻，以鯗骨、鼈甲置旁引出棄之；黑蚰，以麻裹筋頭捋出之；蜒蝣，以夜靜持燈滅殺之；蚯蚓，以石灰水灌河水解之；毛蝟，以馬糞水殺之；象幹蟲，磨鐵線穴搜之。事必親歷，雖冰龜其手，日焦其額，不顧也。青帝喜其勤，近產芝三本以祥瑞之。

日月湖

寧波府城內，近南門，有日月湖。日湖圓，略小，故日之；月湖長，方廣，故月之。二湖連絡如環，中亙一堤，小橋紐之。日湖有賀少監祠。季真朝服拖紳，絕無黃冠氣象。祠中勒唐玄宗餞行詩以榮之。季真乞鑒湖歸老，年八十餘矣。其回鄉詩曰：「幼小離家老大回，鄉音無改鬢毛衰。兒孫相見不相識，笑問客從何處來？」八十歸老不為早矣，乃時人稱為急流勇退，今古傳之。季真曾謁一賣藥王老，求沖舉之術，持一珠貽之。王老見賣餅者過，取珠易餅。季真口不敢言，甚懊惜之。王老曰：「慳吝未除，術何由得？」乃還其珠而去。則季真直一富貴利祿中人耳。《唐書》入之〈隱逸傳〉，亦不倫甚矣。月湖一泓汪洋，明瑟可愛，直抵南城。城下密密植桃柳，四圍湖岸，亦間植名花果木以縈帶之。湖中櫛比者皆士夫園亭，臺榭傾圮，而松石蒼老。石上凌霄藤有斗大者，率百年以上物也。四明縉紳，田宅及其子，園亭及其身。平泉木石，多暮楚朝秦，故園亭亦聊且為之，如傳舍衙署焉。屠赤水娑羅館亦僅存娑羅而已。所稱「雪浪」等石，在某氏園久矣。清明日，二湖遊船甚盛，但橋小船不能大。城牆下址稍廣，桃柳爛漫，遊人席地坐，亦飲亦歌，聲存西湖一曲。

金山夜戲

崇禎二年中秋後一日，余道鎮江往兗。日晡，至北固，艤舟江口。月光倒囊入水，江濤吞吐，露氣吸之，噀天為白。余大驚喜，移舟過金山寺，已二鼓矣。經龍王堂，入大殿，皆漆靜。林下漏月光，疏疏如殘雪。余呼小僕攜戲具，盛張燈火大殿中，唱韓蘄王金山及長江大戰諸劇。鑼鼓喧填，一寺人皆起看。有老僧以手背摋眼瞖，翕然張口，呵欠與笑嚏俱至，徐定睛，視為何許人，以何事何時至，皆不敢問。劇完將曙，解纜過江。山僧至山腳，目送久之，不知是人、是怪、是鬼。

筠芝亭

筠芝亭，渾樸一亭耳。然而亭之事盡，筠芝亭一山之事亦盡。吾家後此亭而亭者，不及筠芝亭。後此亭而樓者、閣者、齋者，亦不及。總之，多一樓，亭中多一樓之礙；多一牆，亭中多一牆之礙。太僕公造此亭成，亭之外更不增一椽一瓦，亭之內亦不設一檻一扉，此其意有在也。

亭前後，太僕公手植樹皆合抱，清樾輕嵐，滃滃翳翳，如在秋水。亭前石臺，躐取亭中之景物而先得之，升高眺遠，眼界光明。敬亭諸山，箕踞麓下；谿壑瀠迴，水出松葉之上。臺下右旋曲磴三折，老松僂背而立，頂垂一幹，倒下如小幢，小枝盤鬱，曲出輔之，旋蓋如曲柄葆羽。癸丑以前，不垣不臺，松意尤暢。

砎園

砎園，水盤據之，而得水之用，又安頓之若無水者。壽花堂，界以堤、以小眉山、以天問臺、以竹徑，則曲而長，則水之；內宅，隔以霞爽軒、以酣漱、以長廊、以小曲橋、以東籬，則深而邃，則水之；臨池，截以鱸香亭、梅花禪，則靜而遠，則水之；緣城，護以貞六居、以無漏庵、以菜園、以鄰居小戶，則閟而安，則水之用盡，而水之意色指歸乎龐公池之水。龐公池，人棄我取，一意向園，目不他矚，腸不他迴，口不他諾，龍山巙蜿，三摺就之而水不之顧。人稱砎園能用水，而卒得水力焉。大父在日，園極華縟。有二老盤旋其中，一老曰：「竟是蓬萊閬苑了也！」一老咈之曰：「個邊那有這樣？」

葑門荷宕

天啟壬戌六月二十四日，偶至蘇州，見士女傾城而出，畢集於葑門外之荷花宕。樓船畫舫至魚小艇，僱覓一空。遠方遊客，有持數萬錢無所得舟，蟻旋岸上者。余移舟往觀，一無所見。宕中以大船為經，小船為緯，遊冶子弟，輕舟鼓吹，往來如梭。舟中麗人皆倩妝淡服，摩肩簇舄，汗透重紗。舟楫之勝以擠，鼓吹之勝以集，男女之勝以溷，歊暑燂爍，靡沸終日而已。荷花宕經歲無人跡，是日，士女以鞵靸不至為恥。袁石公曰：「其男女之雜，燦爛之景，不可名狀。」大約露幃則千花競笑，舉袂則亂雲出峽，揮扇則星流月映，聞歌則雷輥濤趨。蓋恨虎邱中秋夜之模糊躲閃，特至是日而明白昭著之也。

越俗掃墓

越俗掃墓，男女袨服靚妝，畫船簫鼓，如杭州人遊湖，厚人薄鬼，率以為常。二十年前，中人之家尚用平水屋幘船，男女分兩截坐，不坐船，不鼓吹。先輩謔之曰：「以結上文兩節之意。」後漸華靡，雖監門小戶，男女必用兩坐船，必巾，必鼓吹，必歡呼鬯飲。下午必就其路之所近，遊庵堂、寺院及士夫家花園。鼓吹近城，必吹《海東青》、《獨行千里》，鑼鼓錯雜。酒徒沾醉，必岸幘囂嚎，唱無字曲，或舟中攘臂與儕列廝打。自二月朔至夏至，填城溢國，日日如之。乙酉方兵，畫江而守，雖魚菱舠，收拾略盡。壝壠數十里而遙，子孫數人挑魚肉楮錢，徒步往返之，婦女不得出城者三歲矣。蕭索淒涼，亦物極必反之一。

奔雲石

南屏石無出「奔雲」右者。「奔雲」得其情，未得其理。石如滇茶一朵，風雨落之，半入泥土，花瓣棱棱三四層摺。人走其中，如蝶入花心，無鬚不綴也。黃寓庸先生讀書其中，四方弟子千餘人，門如市。余幼從大父訪先生，先生面黧黑，多髭鬚，毛頰，河目海口，眉棱鼻樑，張口多笑。交際酬酢，八面應之。耳聆客言，目睹來牘，手書回札，口囑傒奴，雜遝於前，未嘗少錯。客至，無貴賤，便肉、便飯食之，夜即與同榻。余一書記往，頗穢惡，先生寢食之不異也，余深服之。丙寅至武林，亭榭傾圮，堂中窀先生遺蛻，不勝人琴之感。余見「奔雲」黝潤，色澤不減，謂客曰：「願假此一室，以石磥門，坐臥其下，可十年不出也。」客曰：「有盜。」余曰：「布衣褐被，身外長物則瓶粟與殘書數本而已。王弇州不曰『盜亦有道』也哉？」

木猶龍

木龍出遼海，為風濤漱擊，形如巨浪跳蹴，遍體多著波紋，常開平王得之遼東，輦至京。

開平第燬，謂木龍炭矣，及發瓦礫，見木龍埋入地數尺，火不及，驚異之，遂呼為龍。不知何緣出易於市，先君子以犀觥十七隻售之，進魯獻王，誤書木龍犯諱，峻辭之，遂留長史署中。先君子棄世，余載歸，傳為世寶。丁丑詩社，懇名公人錫之名，並賦小言詠之。周墨農字以木猶龍，倪鴻寶字以木寓龍，祁世培字以海槎，王士美字以槎浪，張毅儒字以陸槎，詩遂盈帙。木龍體肥癡，重千餘斤，自遼之京、之兗、之濟，繇陸；濟之杭，繇水；杭之江、之蕭山、之山陰、之余舍，水陸錯；前後費至百金，所易價不與焉。嗚呼，木龍可謂遇矣！余磨其龍腦尺木，勒銘志之，曰：「夜壑風雷，騫槎化石；海立山崩，煙雲滅沒；謂有龍焉，呼之或出。」又曰：「擾龍張子，尺木書銘。何以似之？秋濤夏雲。」

天硯

少年視硯，不得硯醜。徽州汪硯伯至，以古款廢硯，立得重價，越中藏石俱盡。閱硯多，硯理出。曾托友人秦一生為余覓石，遍城中無有。山陰獄中大盜出一石，璞耳，索銀二斤。余適往武林，一生造次不能辨，持示燕客，燕客指石中白眼曰：「黃牙臭口，堪留支桌。」賺一生還盜。燕客夜以三十金攫去，命硯伯製一天硯，上五小星一大星，譜曰：「五星拱月。」燕客恐一生見，劙去大小三星，止留三小星。一生知之，大懊恨，向余言。余笑曰：「猶子比兒。」亟往索看。燕客捧出，赤比馬肝，酥潤如玉，背隱白絲類瑪瑙，指螺細篆，面三星墳起如弩眼，著墨無聲而墨瀋煙起，一生癡痞口張而不能翕。燕客屬余銘，銘曰：「女媧鍊天，不分玉石；鼇血蘆灰，烹霞鑄日；星河混擾，參橫箕翕。」

吳中絕技

吳中絕技：陸子岡之治玉，鮑天成之治犀，周柱之治嵌鑲，趙良璧之治梳，朱碧山之治金銀，馬勳、荷葉李之治扇，張寄修之治琴，范崑白之治三弦子，俱可上下百年保無敵手。但其良工苦心，亦技藝之能事。至其厚薄深淺，濃淡疏密，適與後世賞鑒家之心力、目力，鍼芥相對，是豈工匠之所能辨乎？蓋技也而進乎道矣。

濮仲謙雕刻

南京濮仲謙，古貌古心，粥粥若無能者，然其技藝之巧，奪天工焉。其竹器，一帚一刷，竹寸耳，勾勒數刀，價以兩計。然其所以自喜者，又必用竹之盤根錯節，以不事刀斧為奇，則是經其手略刮磨之，而遂得重價，真不可解也。仲謙名噪甚，得其款，物輒騰貴。三山街潤澤於仲謙之手者數十人焉，而仲謙赤貧自如也。於友人座間見有佳竹、佳犀，輒自為之。意偶不屬，雖勢劫之、利啖之，終不可得。

卷二

孔廟檜

己巳至曲阜，謁孔廟，買門者門以入。宮牆上有樓聳出，扁曰「梁山伯祝英臺讀書處」，駭異之。進儀門，看孔子手植檜。檜歷周、秦、漢、晉幾千年，至晉懷帝永嘉三年而枯。枯三百有九年，子孫守之不毀，至隋恭帝義寧元年復生。生五十一年，至唐高宗乾封三年再枯。枯三百七十有四年，至宋仁宗康定元年再榮。至金宣宗貞祐三年罹於兵火，枝葉俱焚，僅存其幹，高二丈有奇。後八十一年，元世祖三十一年再發。至洪武二十二年己巳，發數枝蓊鬱；後十年又落。摩其幹，滑澤堅潤，紋皆左紐，扣之作金石聲。孔氏子孫恆視其榮枯以占世運焉。再進一大亭，臥一碑，書「杏壇」二字，黨英筆也。亭界一橋，洙泗水匯此。過橋入大殿，殿壯麗，宣聖及四配十哲俱塑像冕旒。案上列銅鼎三、一犧、一象、一辟邪，款製遒古，渾身翡翠，以釘釘案上。階下豎歷代帝王碑記，獨元碑高大，用風磨銅贔屭，高丈餘。左殿三楹，規模略小，為孔氏家廟。東西兩壁，用小木扁書歷代帝王祭文。西壁之隅，高皇殿焉。廟中凡明朝封號，俱置不用，總以見其大也。孔家人曰：「天下只三家人家：我家與江西張、鳳陽朱而已。江西張，道士氣；鳳陽朱，暴發人家，小家氣。」

孔林

曲阜出北門五里許，為孔林。紫金城城之，門以樓，樓上見小山一點正對東南者，嶧山也。折而西，有石虎、石羊三四，在榛莽中。過一橋，二水匯，泗水也。享殿後有子貢手植楷。楷大小千餘本，魯人取為材、為棋枰。享殿正對伯魚墓，聖人葬其子得中氣。由伯魚墓折而右，為宣聖墓。去數丈，案一小山，小山之南為子思墓。數百武之內，父子孫三墓在焉。譙周云：「孔子死後，魯人就塚次而居者百有餘家，曰『孔里』。」《孔叢子》曰：「夫子墓，方一里，在魯城北六里泗水上。」諸孔氏封五十餘所，人名昭穆，不可復識。有碑銘三，獸碣俱在。《皇覽》曰：「弟子各以四方奇木來植，故多異樹不能名，一里之中未嘗產棘木荊草。」紫金城外，環而墓者數千家。三千二百餘年，子孫列葬不他徙，從古帝王所不能比靈斯也。宣聖墓右，有小屋三間，扁曰「子貢廬墓處」。蓋自兗州至曲阜道上，時官以木坊表識，有曰「齊人歸讙處」，有曰「子在川上處」，尚有義理；至泰山頂上，乃勒石曰「孔子小天下處」，則不覺失笑矣。

燕子磯

燕子磯，余三過之。水勢淴㶚，舟人至此，捷捽抒取，鈎挽鐵纜，蟻附而上。篷窗中見石骨棱層，撐拒水際，不喜而怖，不識岸上有如許境界。戊寅到京後，同呂起士出觀音門游燕子磯，方曉佛地仙都，當面蹉過之矣。登鬬王殿，吳頭楚尾，是侯用武之地，靈爽赫赫，鬚眉戟起。緣山走磯上，坐亭子，看水江瀲洌，舟下如箭。折而南，走觀音閣度索上之。閣傍僧院有峭壁千尋，碚礌如鐵；大楓數株，蓊以他樹，森森冷綠；小樓癡對，便可十年面壁。今僧寮佛閣，故故背之，其心何忍？是年，余歸浙，閔老子、王月生送至磯，飲石壁下。

魯藩煙火

兗州魯藩煙火妙天下。煙火必張燈，魯藩之燈，燈其殿、燈其壁、燈其楹柱、燈其屏、燈其座、燈其宮扇傘蓋。諸王公子、宮娥僚屬、隊舞樂工，盡收為燈中景物。及放煙火，燈中景物又收為煙火中景物。天下之看燈者，看燈燈外；看煙火者，看煙火煙火外。未有身入燈中、光中、影中、煙中、火中，閃爍變幻，不知其為王宮內之煙火，亦不知其為煙火內之王宮也。殿前搭木架數層，上放黃蜂出窠，撒花蓋頂，天花噴礴。四旁珍珠簾八架，架高二丈許，每一簾嵌孝、悌、忠、信、禮、義、廉、恥一大字。每字高丈許，晶映高明。下以五色火漆塑獅、象、槖駝之屬百餘頭，上騎百蠻，手中持象牙、犀角、珊瑚、玉斗諸器，器中實千丈菊、千丈梨諸火器。獸足躡以車輪，腹內藏人，旋轉其下。百蠻手中，瓶花徐發，雁雁行行，且陣且走。移時，百獸口出火，尻亦出火，縱橫踐踏。端門內外，煙焰蔽天，月不得明，露不得下。看者耳目攫奪，屢欲狂易，恆內手持之。昔有一蘇州人，自誇其州中燈事之盛，曰：「蘇州此時有起火亦無處放，放亦不得上。」眾曰：「何也？」曰：「此時天上被煙火擠住，無空隙處耳！」人笑其誕。於魯府觀之，殆不誣也。

朱雲崍女戲

朱雲崍教女戲，非教戲也。未教戲，先教琴，先教琵琶，先教提琴、弦子、簫管，鼓吹、歌舞，借戲為之，其實不專為戲也。郭汾陽、楊越公、王司徒女樂，當日未必有此。絲竹錯雜，檀板清謳，入妙腠理，唱完以曲白終之，反覺多事矣。西施歌舞，對舞者五人，長袖緩帶，繞身若環，曾撓摩地，扶旋猗那，弱如秋藥。女官內侍，執扇葆璇蓋、金蓮寶炬、紈扇、宮燈二十餘人，光焰熒煌，錦綉紛疊，見者錯愕。雲老好勝，遇得意處，輒盱目視客；得一讚語，輒走戲房，與諸姬道之，佹出佹入，頗極勞頓。且聞雲老多疑忌，諸姬曲房密戶，重重封鎖，夜猶躬自巡歷，諸姬心憎之。有當御者，輒遁去，互相藏閃，只在曲房，無可覓處，必叱吒而罷。殷殷防護，日夜為勞，是無知老賤自討苦吃者也，堪為老年好色之戒。

紹興琴派

丙辰，學琴於王侶鵝。紹興存王明泉派者推侶鵝，學《漁樵回答》、《列子御風》、《碧玉調》、《水龍吟》、《搗衣環珮聲》等曲。戊午，學琴於王本吾，半年得二十餘曲：《雁落平沙》、《山居吟》、《靜觀吟》、《清夜坐鐘》、《烏夜詠》、《漢宮秋》、《高山流水》、《梅花弄》、《淳化引》、《滄江夜雨》、《莊周夢》，又《胡笳十八拍》、《普庵咒》等小曲十餘種。王本吾指法圓靜，微帶油腔。余得其法，練熟還生，以澀勒出之，遂稱合作。同學者，范與蘭、尹爾韜、何紫翔、王士美、燕客、平子。與蘭、士美、燕客、平子俱不成，紫翔得本吾之八九而微嫩，爾韜得本吾之八九而微迂。余曾與本吾、紫翔、爾韜取琴四張彈之，如出一手，聽者駴服。後本吾而來越者，有張慎行、何明臺，結實有餘而蕭散不足，無出本吾上者。

花石綱遺石

越中無佳石。董文簡齋中一石，磊塊正骨，窋窕數孔，疏爽明易，不作靈譎波詭，朱勔花石綱所遺，陸放翁家物也。文簡豎之庭除，石後種剔牙松一株，辟咡負劍，與石意相得。文簡軒其北，名「獨石軒」，石之軒獨之無異也。石篔先生讀書其中，勒銘志之。大江以南，花石綱遺石，以吳門徐清之家一石為石祖。石高丈五，朱勔移舟中，石盤沉太湖底，覓不得，遂不果行。後歸烏程董氏，載至中流，船復覆。董氏破貲募善入水者取之，先得其盤，詫異之；又休水取石，石亦旋起，時人比之延津劍焉。後數十年，遂為徐氏有，再傳至清之，以三百金豎之。石連底高二丈許，變幻百出，無可名狀，大約如吳無奇遊黃山，見一怪石，輒瞋目叫曰：「豈有此理！豈有此理！」

焦山

仲叔守瓜州，余借住于園，無事輒登金山寺。風月清爽，二鼓，猶上妙高臺，長江之險，遂同溝澮。一日，放舟焦山，山更紆譎可喜。江曲過山下，水望澄明，淵無潛甲。海豬、海馬，投飯起食，馴擾若豢魚。看水晶殿，尋瘞鶴銘，山無人雜，靜若太古。回首瓜州，煙火城中，真如隔世。飯飽睡足，新浴而出，走拜焦處士祠。見其軒冕黼黻，夫人列坐，陪臣四，女官四，羽葆雲罕，儼然王者。蓋土人奉為土穀，以王禮祀之。是猶以杜十姨配伍髭鬚，千古不能正其非也。處士有靈，不知走向何所？

表勝庵

爐峯石屋，為一金和尚結茆守土之地，後住錫柯橋融光寺。大父造表勝庵成，迎和尚還山住持。命余作啟，啟曰：「伏以叢林表勝，慚給孤之大地布金；天瓦安禪，冀寶掌自五天飛錫。重來石塔，戒長老特為東坡；懸契松枝，萬回師卻逢西向。去無作相，住亦隨緣。伏惟九里山之精藍，實是一金師之初地。偶聽柯亭之竹篴，留滯人間；久虛石屋之煙霞，應超塵外。譬之孤天之鶴，尚眷舊枝；想彼彌空之雲，亦歸故岫。況茲勝域，宜兆異人。了住山之夙因，立開堂之新範。護門容虎，洗鉢歸龍。茗得先春，仍是寒泉風味；香來破臘，依然茅屋梅花。半月巖似與人猜，請大師試為標指；一片石正堪對語，聽生公說到點頭。敬藉山靈，願同石隱。倘淨念結遠公之社，定不攢眉；若居心如康樂之流，自難開口。立返山中之駕，看回湖上之船，仰望慈悲，俯從大眾。」

梅花書屋

陔萼樓後，老屋傾圮，余築基四尺，造書屋一大間。傍廣耳室如紗幮，設臥榻。前後空地，後牆壇其趾，西瓜瓤大牡丹三株，花出牆上，歲滿三百餘朵。壇前西府二樹，花時積三尺香雪。前四壁稍高，對面砌石臺，插太湖石數峯。西溪梅骨古勁，滇茶數莖嫵媚，其傍梅根種西番蓮，纏繞如纓絡。窗外竹棚，密寶襄蓋之。階下翠草深三尺，秋海棠疏疏雜入。前後明窗，寶襄西府，漸作綠暗。余坐臥其中，非高流佳客，不得輒入。慕倪迂清閟，又以「雲林秘閣」名之。

不二齋

不二齋，高梧三丈，翠樾千重，牆西稍空，臘梅補之，但有綠天，暑氣不到。後窗牆高於檻，方竹數竿，瀟瀟灑灑，鄭子昭「滿耳秋聲」橫披一幅。天光下射，望空視之，晶沁如玻璃、雲母，坐者恆在清涼世界。圖書四壁，充棟連牀，鼎彝尊罍，不移而具。余於左設石牀竹几，帷之紗幕，以障蚊虻，綠暗侵紗，照面成碧。夏日，建蘭、茉莉薌澤浸人，沁入衣裾。重陽前後，移菊北窗下，菊盆五層，高下列之，顏色空明，天光晶映，如沈秋水。冬則梧葉落，臘梅開，暖日曬窗，紅爐毾㲪。以崑山石種水仙列堦趾。春時，四壁下皆山蘭，檻前芍藥半畝，多有異本。余解衣盤礡，寒暑未嘗輕出，思之如在隔世。

砂罐錫注

宜興罐，以龔春為上，時大彬次之，陳用卿又次之。錫注，以王元吉為上，歸懋德次之。夫砂罐，砂也；錫注，錫也。器方脫手，而一罐一注價五六金，則是砂與錫與價其輕重正相等焉，豈非怪事！然一砂罐、一錫注，直躋之商彝、周鼎之列，而毫無慚色，則是其品地也。

沈梅岡

沈梅岡先生忤相嵩，在獄十八年。讀書之暇，旁攻匠藝，無斧鋸，以片鐵日夕磨之，遂銛利。得香楠尺許，琢為文具一，大匣三、小匣七、壁鎖二，棕竹數片為箑一，為骨十八，以笋、以縫、以鍵，堅密肉好，巧匠謝不能事。夫人匄先文恭誌公墓，持以為贄，文恭拜受之。銘其匣曰：「十九年中郎節，十八年給諫匣，節邪匣邪同一轍。」銘其箑曰：「塞外氈，饑可飡；獄中箑，麈莫干；前蘇後沈名班班。」梅岡製，文恭銘，徐文長書，張應堯鐫，人稱四絕，余珍藏之。又聞其以粥鍊土凡數年，範為銅鼓者二，聲聞里許，勝暹羅銅。

岣嶁山房

岣嶁山房，逼山、逼溪、逼弢光路，故無徑不梁，無屋不閣。門外蒼松傲睨，蓊以雜木，冷綠萬頃，人面俱失。石橋底磴可坐十人。寺僧刳竹引泉，橋下交交牙牙，皆為竹節。天啟甲子，余鍵戶其中者七閱月，耳飽溪聲，目飽清樾。山上下多西粟、邊筍，甘芳無比。鄰人以山房為市，蓏果、羽族日致之，而獨無魚。乃瀦谿為壑，繫巨魚數十頭。有客至，輒取魚給鮮。日晡，必步冷泉亭、包園、飛來峯。一日，緣溪走看佛像，口口罵楊髡。見一波斯坐龍象，蠻女四五獻花果，皆裸形，勒石誌之，乃真伽像也。余椎落其首，並碎諸蠻女，置溺溲處以報之。寺僧以餘為椎佛也，咄咄作怪事，及知為楊髡，皆歡喜讚嘆。

三世藏書

余家三世積書三萬餘卷，大父詔余曰：「諸孫中惟爾好書，爾要看者，隨意攜去。」余簡太僕文恭大父丹鉛所及有手澤者存焉者，彙以請，大父喜，命舁去，約二千餘卷。崇禎乙丑，大父去世，余適往武林，父叔及諸弟、門客、匠指、臧獲、巢婢輩亂取之，三代遺書一日盡失。余自垂髫聚書四十年，不下三萬卷。乙酉避兵入剡，略攜數簏隨行，而所存者為方兵所據，日裂以吹煙，並舁至江干，籍甲內攩箭彈，四十年所積，亦一日盡失。此吾家書運，亦復誰尤！余因嘆古今藏書之富，無過隋、唐。隋嘉則殿分三品，有紅琉璃、紺琉璃、漆軸之異。殿垂錦幔，繞刻飛仙。帝幸書室，踐暗機，則飛仙收幔而上，櫥扉自啟；帝出，閉如初。隋之書計三十七萬卷。唐遷內庫書於東宮麗正殿，置修文、著作兩院學士，得通籍出入。太府月給蜀都麻紙五千番，季給上谷墨三百三十六丸，歲給河間、景城、清河、博平四郡兔千五百皮為筆，以甲、乙、丙、丁為次。唐之書計二十萬八千卷。我明中秘書，不可勝計，即《永樂大典》一書，亦堆積數庫焉。余書直九牛一毛耳，何足數哉！

卷三

絲社

越中琴客不滿五六人，經年不事操縵，琴安得佳？余結絲社，月必三會之。有小檄曰：「中郎音癖，《清溪弄》三載乃成；賀令神交，《廣陵散》千年不絕。器繇神以合道，人易學而難精。幸生嵒壑之鄉，共志絲桐之雅。清泉磐石，援琴歌《水仙》之操，便足怡情；澗響松風，三者皆自然之聲，政須類聚。偕我同志，爰立琴盟，約有常期，寧虛芳日？雜絲和竹，用以鼓吹清音；動操鳴弦，自令眾山皆響。非關匣裡，不在指頭，東坡老方是解人；但識琴中，無勞弦上，元亮輩政堪佳侶。既調商角，翻信肉不如絲；諧暢風神，雅羨心生於手。從容秘翫，莫令解穢於花奴；抑按盤桓，敢謂倦生於古樂。共憐同調之友聲，用振絲壇之盛舉。」

南鎮祈夢

萬曆壬子，余年十六，祈夢於南鎮夢神之前，因作疏曰：「爰自混沌譜中，別開天地；華胥國裡，早見春秋。夢兩楹，夢赤舄，至人不無；夢蕉鹿，夢軒冕，癡人敢說。惟其無想無因，未嘗夢乘車入鼠穴，擣虀啖鐵杵；非其先知先覺，何以將得位夢棺器，得財夢穢矢？正在恍惚之交，儼若神明之賜。某也躨跜偃瀦，軒翥樊籠，顧影自憐，將誰以告？為人所玩，吾何以堪？一鳴驚人，赤壁鶴耶？局促轅下，南柯蟻耶？得時則駕，渭水熊耶？半榻蘧除，漆園蝶耶？神其詔我，或寢或吪；我得先知，何從何去。擇此一陽之始，以祈六夢之正。功名志急，欲搔首而問天；祈禱心堅，故舉頭以搶地。軒轅氏圓夢鼎湖，已知一字而有一驗；李衛公上書西嶽，可云三問而三不靈。肅此以聞，惟神垂鑒。」

㮕泉

惠山泉不渡錢唐，西興腳子挑水過江，喃喃作怪事。有縉紳先生造大父，飲茗大佳，問曰：「何地水？」大父曰：「惠泉水。」縉紳先生顧其價曰：「我家逼近衛前而不知打水喫，切記之。」董日鑄先生常曰：「濃、熱、滿三字盡茶理，陸羽《經》可燒也。」兩先生之言，足見紹興人之村、之樸。余不能飲潟鹵，又無力遞惠山水。甲寅夏，過斑竹庵，取水啜之，磷磷有圭角，異之。走看其色，如秋月霜空，噀天為白；又如輕嵐出岫，繚松迷石，淡淡欲散。余倉卒見井口有字畫，用帚刷之，「㮕泉」字出，書法大似右軍，益異之。試茶，茶香發，新汲少有石腥，宿三日，氣方盡。辨㮕泉者無他法，取水入口，第撟舌舐齶，過頰即空，若無水可嚥者，是為㮕泉。好事者信之，汲日至，或取以釀酒，或開㮕泉茶館，或甕而賣及饋送有司。董方伯守越，飲其水，甘之，恐不給，封鎖㮕泉，㮕泉名日益重。會稽陶谿、蕭山北幹、杭州虎跑，皆非其伍，惠山差堪伯仲。在蠡城，惠泉亦勞而微熱，此方鮮磊，亦勝一籌矣。長年鹵莽，水遞不至其地，易他水，余笞之，詈同伴，謂發其私。及余辨是某地某井水，方信服。昔人水辨淄、澠，侈為異事。諸水到口，實實易辨，何待易牙？余友趙介臣亦不余信，同事久，別余去，曰：「家下水實進口不得，須還我口去。」

蘭雪茶

日鑄者，越王鑄劍地也，茶味棱棱有金石之氣。歐陽永叔曰：「兩浙之茶，日鑄第一。」王龜齡曰：「龍山瑞草，日鑄雪芽。」日鑄名起此。京師茶客，有茶則至，意不在雪芽也，而雪芽利之，一如京茶式，不敢獨異。三娥叔知松蘿焙法，取瑞草試之，香撲冽。余曰：「瑞草固佳，漢武帝食露盤，無補多欲。日鑄茶藪，『牛雖瘠僨於豚上』也。」遂募歙人入日鑄。扚法、掐法、挪法、撒法、扇法、炒法、焙法、藏法，一如松蘿。他泉瀹之，香氣不出；煮禊泉，投以小罐，則香太濃郁。雜入茉莉，再三較量，用敞口瓷甌淡放之；候其冷，以旋滾湯衝瀉之，色如竹籜方解，綠粉初匀；又如山窗初曙，透紙黎光。取清妃白傾向素瓷，真如百莖素蘭同雪濤並瀉也。雪芽得其色矣，未得其氣，余戲呼之「蘭雪」。四五年後，蘭雪茶一鬨如市焉。越之好事者，不食松蘿，止食蘭雪。蘭雪則食，以松蘿而纂蘭雪者亦食，蓋松蘿貶聲價俯就蘭雪，從俗也。乃近日徽歙間，松蘿亦改名蘭雪，向以松蘿名者，封面係換，則又奇矣。

白洋潮

故事，三江看潮，實無潮看。午後喧傳曰：「今年暗漲潮。」歲歲如之。庚辰八月，弔朱恆岳少師，至白洋，陳章侯、祁世培同席。海塘上呼看潮，余遄往，章侯、世培踵至。立塘上，見潮頭一線從海寧而來，直奔塘上。稍近，則隱隱露白，如驅千百群小鵝，擘翼驚飛。漸近，噴沫冰花蹴起，如百萬雪獅蔽江而下，怒雷鞭之，萬首鏃鏃，無敢後先。再近，則颶風逼之，勢欲拍岸而上。看者辟易，走避塘下。潮到塘，盡力一礴，水擊射濺起數丈，著面皆濕。旋捲而右，龜山一擋，轟怒非常，礮碎龍湫，半空雪舞。看之驚眩，坐半日，顏始定。先輩言：浙江潮頭自龕、赭兩山漱激而起，白洋在兩山外，潮頭更大，何耶？

陽和泉

禊泉出城中，水遞者日至。臧獲到庵借炊，索薪、索菜、索米，後索酒、索肉；無酒肉，輒揮老拳，僧苦之。無計脫此苦，乃罪泉，投之芻穢；不已，乃決溝水敗泉，泉大壞。張子知之，至禊井，命長年浚之。及半，見竹管積其下，皆黧脹作氣；竹盡，見芻穢，又作奇臭。張子淘洗數次，俟泉至，泉實不壞，又甘冽。張子去，僧又壞之。不旋踵，至再、至三，卒不能救，禊泉竟壞矣！是時，食之而知其壞者半，食之不知其壞而仍食之者半，食之知其壞而無泉可食、不得已而仍食之者半。壬申，有稱陽和嶺玉帶泉者，張子試之，空靈不及禊而清冽過之。特以玉帶名不雅馴。張子謂：陽和嶺實為余家祖墓，誕生我文恭，遺風餘烈，與山水俱長。昔孤山泉出，東坡名之「六一」，今此泉名之「陽和」，至當不易；蓋生嶺生泉，俱在生文恭之前，不待文恭而天固已陽和之矣，夫復何疑！土人有好事者，恐玉帶失其姓，遂勒石署之。且曰：自張志「禊泉」而「禊泉」為張氏有，今琶山是其祖壟，擅之益易，立石署之，懼其奪也。時有傳其語者，陽和泉之名益著。銘曰：「有山如礪，有泉如砥。太史遺烈，落落磊磊。孤嶼溢流，六一擅之。千年巴蜀，實繁其齒。但言眉山，自屬蘇氏。」

閔老子茶

周墨農向余道閔汶水茶不置口。戊寅九月至留都，抵岸，即訪閔汶水於桃葉渡。日晡，汶水他出，遲其歸，乃婆娑一老。方敘話，遽起曰：「杖忘某所。」又去。余曰：「今日豈可空去？」遲之又久，汶水返，更定矣，睨余曰：「客尚在耶？客在奚為者？」余曰：「慕汶老久，今日不暢飲汶老茶，決不去。」汶水喜，自起當鑪。茶旋煮，速如風雨。導致一室，明窗淨几，荊溪壺、成宣窰瓷甌十餘種，皆精絕。燈下視茶色，與瓷甌無別，而香氣逼人，余叫絕。余問汶水曰：「此茶何產？」汶水曰：「閬苑茶也。」余再啜之，曰：「莫紿余！是閬苑製法，而味不似。」汶水匿笑曰：「客知是何產？」余再啜之，曰：「何其似羅甚也。」汶水吐舌曰：「奇！

奇！」余問：「水何水？」曰：「惠泉。」余又曰：「莫紿余！惠泉走千里，水勞而圭角不動，何也？」汶水曰：「不復敢隱。其取惠水，必淘井，靜夜候新泉至，旋汲之。山石磊磊藉甕底，舟非風則勿行，故水之生磊。即尋常惠水，猶遜一頭地，況他水邪！」又吐舌曰：「奇！奇！」言未畢，汶水去。少頃，持一壺滿斟余曰：「客啜此。」余曰：「香撲烈，味甚渾厚，此春茶耶？向瀹者的是秋採。」汶水大笑曰：「予年七十，精賞鑒者無客比。」遂定交。

龍噴池

臥龍驤首於耶溪，大池百仞出其頷下。六十年內，陵谷遷徙，水道分裂。崇禎己卯，余請太守檄，捐金糾眾，畚鍤千人，燬屋三十餘間，開土壤二十餘畝，辟除瓦礫芻穢千有餘艘，伏道蜿蜒，偃瀦澄靛，克還舊觀。昔之日不通線道者，今可肆行舟楫矣。喜而銘之，銘曰：「蹴醒驪龍，如寐斯揭。不避逆鱗，抉其鯁噎。瀦蓄澄泓，煦濕濡沫。夜靜水寒，頷珠如月。風雷逼之，揚鬐鼓鬣。」

朱文懿家桂

桂以香山名，然覆墓木耳，北邙蕭然，不堪久立。單醪河錢氏二桂，老而禿；獨朱文懿公宅後一桂，幹大如斗，枝葉䙰鬖，樾蔭畝許，下可坐客三四十席。不亭、不屋、不臺、不欄、不砌，棄之籬落間。花時不許人入看，而主人亦禁足勿之往，聽其自開自謝已耳。樗櫟以不材終其天年，其得力全在棄也。百歲老人，多出蓬戶，子孫第厭其癃瘇耳，何足稱瑞！

逍遙樓

滇茶故不易得，亦未有老其材八十餘年者。朱文懿公逍遙樓滇茶，為陳海樵先生手植，扶疏蓊翳，老而愈茂。諸文孫恐其力不勝葩，歲刪其萼盈斛，然所遺落枝頭，猶自燔山熠谷焉。文懿公，張無垢後身，無垢降乩與文懿，談宿世因甚悉，約公某日面晤於逍遙樓。公佇立久之，有老人至，劇談良久，公殊不為意。但與公言：「柯亭綠竹庵梁上，有殘經一卷，可了之。」尋別去，公始悟老人為無垢。次日，走綠竹庵，簡梁上有《維摩經》一部，繕寫精良，後二卷未竟，蓋無垢筆也。公取而續書之，如出一手。先君言：乩仙供余家壽芝樓，懸筆掛壁間，有事輒自動，扶下書之，有奇驗。娠祈子，病祈藥，賜丹詔取某處，立應。先君祈嗣，詔取丹於某簏臨川筆內，簏失鑰閉久，先君簡視之，鐀自出觚管中，有金丹一粒，先宜人吞之，即娠余。朱文懿有姬媵，陳夫人獅子吼，公苦之，禱於仙，求化妬丹。乩書曰：「難！難！丹在公枕內。」取以進夫人，夫人服之，語人曰：「老頭子有仙丹，不餉諸婢而余是餉，尚昵余。」與公相好如初。

天鏡園

天鏡園浴鳧堂，高槐深竹，樾暗千層，坐對蘭蕩，一泓漾之，水木明瑟，魚鳥藻荇，類若乘空。余讀書其中，撲面臨頭，受用一綠，幽窗開卷，字俱碧鮮。每歲春老，破塘筍必道此，輕舠飛出，牙人擇頂大笋一株擲水面，呼園人曰：「撈笋！」鼓枻飛去。園丁劃小舟拾之，形如象牙，白如雪，嫩如花藕，甜如蔗霜。煮食之，無可名言，但有慚愧。

包涵所

西湖三船之樓，實包副使涵所創為之。大小三號：頭號置歌筵，儲歌童；次載書畫；再次侍美人。涵老聲伎非侍妾比，仿石季倫、宋子京家法，都令見客。靚妝走馬，媻姍勃窣，穿柳過之，以為笑樂。明檻綺疏，曼謳其下，擫籥彈箏，聲如鶯試。客至則歌童演劇，隊舞鼓吹，無不絕倫。乘興一出，住必浹旬，觀者相逐，問其所止。南園在雷峯塔下，北園在飛來峯下。兩地皆石藪，積牒磥砢，無非奇峭。但亦借作溪澗橋梁，不於山上疊山，大有文理。大廳以拱斗擡梁，偷其中間四柱，隊舞獅子甚暢。北園作八卦房，園亭如規，分作八格，形如扇面。當其狹處，横亙一牀，帳前後開闔，下裡帳則牀向外，下外帳則牀向內。涵老據其中，扃上開明窗，焚香倚枕，則八牀面面皆出。窮奢極欲，老於西湖者二十年。金谷、郿塢，著一毫寒儉不得，索性繁華到底，亦杭州人所謂「左右是左右」也。西湖大家何所不有，西子有時亦貯金屋，咄咄書空則窮措大耳！

鬥雞社

天啟壬戌間好鬥雞，設鬥雞社於龍山下，仿王勃《鬥雞檄》，檄同社。仲叔秦一生日攜古董、書畫、文錦、川扇等物與余博，余雞屢勝之。仲叔忿懣，金其距，介其羽，凡足以助其腷膞敜咮者無遺策，又不勝。人有言徐州武陽侯樊噲子孫，鬥雞雄天下，長頸烏喙，能於高桌上啄粟。仲叔心動，密遣使訪之，又不得，益忿懣。一日，余閱稗史，有言唐玄宗以酉年酉月生，好鬥雞而亡其國。余亦酉年酉月生，遂止。

棲霞

戊寅冬，余攜竹兜一、蒼頭一，遊棲霞，三宿之。山上下左右、鱗次而櫛比之巖石頗佳，盡刻佛像，與杭州飛來峯同受黥劓，是大可恨事。山頂怪石巉岏，灌木蒼鬱，有顛僧住之。與余談，荒誕有奇理，惜不得窮詰之。日晡，上擫山頂觀霞，非復霞理，余坐石上癡對。復走庵後，看長江帆影，老鸛河、黃天蕩條條出麓下，悄然有山河遼廓之感。一客盤礴余前，熟視余，余晉與揖，問之，為蕭伯玉先生，因坐與劇談，庵僧設茶供。伯玉問及補陀，余適以是年朝海歸，談之甚悉。《補陀志》方成，在篋底，出示伯玉，伯玉大喜，為余作敘。取火下山，拉與同寓宿，夜長，無不談之，伯玉強余再留一宿。

湖心亭看雪

崇禎五年十二月，余住西湖。大雪三日，湖中人鳥聲俱絕。是日更定矣，余拏一小舟，擁毳衣爐火，獨往湖心亭看雪。霧凇沆碭，天與雲、與山、與水，上下一白。湖上影子，惟長堤一痕，湖心亭一點，與余舟一芥，舟中人兩三粒而已。到亭上，有兩人鋪氈對坐，一童子燒酒，爐正沸。見余大喜，曰：「湖中焉得更有此人！」拉余同飲。余強飲三大白而別。問其姓氏，是金陵人，客此。及下船，舟子喃喃曰：「莫說相公癡，更有癡似相公者。」

陳章侯

崇禎乙卯八月十三，侍南華老人飲湖舫，先月早歸。章侯悵悵向余曰：「如此好月，擁被臥耶？」余敕蒼頭攜家釀斗許，呼一小划船再到斷橋，章侯獨飲，不覺沾醉。過玉蓮亭，丁叔潛呼舟北岸，出塘棲蜜橘相餉，畅啖之。章侯方臥船上嚎囂，岸上有女郎，命童子致意云：「相公船肯載我女郎至一橋否？」余許之。女郎欣然下，輕紈淡弱，婉瘱可人。章侯被酒挑之曰：「女郎俠如張一妹，能同虯髯客飲否？」女郎欣然就飲。移舟至一橋，漏二下矣，竟傾家釀而去。問其住處，笑而不答。章侯欲躡之，見其過岳王墳，不能追也。

卷四

不繫園

甲戌十月，攜楚生住不繫園看紅葉。至定香橋，客不期而至者八人：南京曾波臣，東陽趙純卿，金壇彭天錫，諸暨陳章侯，杭州楊與民、陸九、羅三，女伶陳素芝。余留飲。章侯攜縑素為純卿畫古佛，波臣為純卿寫照，楊與民彈三弦子，羅三唱曲，陸九吹簫。與民復出寸許界尺，據小梧，用北調說《金瓶梅》一劇，使人絕倒。是夜，彭天錫與羅三、與民串本腔戲，妙絕；與楚生、素芝串調腔戲，又復妙絕。章侯唱村落小歌，余取琴和之，牙牙如語。純卿笑曰：「恨弟無一長，以侑兄輩酒。」余曰：「唐裴將軍旻居喪，請吳道子畫天宮壁度亡母。道子曰：『將軍為我舞劍一迴，庶因猛厲，以通幽冥。』旻脫縗衣纏結，上馬馳驟，揮劍入雲，高十數丈，若電光下射，執鞘承之，劍透室而入，觀者驚慄。道子奮袂如風，畫壁立就。章侯為純卿畫佛，而純卿舞劍，正今日事也。」純卿跳身起，取其竹節鞭，重三十斤，作胡旋舞數纏，大噱而去。

秦淮河房

秦淮河河房，便寓、便交際、便淫冶，房值甚貴而寓之者無虛日。畫船簫鼓，去去來來，周折其間。河房之外，家有露臺，朱欄綺疏，竹簾紗幔。夏月浴罷，露臺雜坐。兩岸水樓中，茉莉風起動兒女香甚。女客團扇輕紈，緩鬢傾髻，軟媚著人。年年端午，京城士女填溢，競看燈船。好事者集小篷船百什艇，篷上掛羊角燈如聯珠，船首尾相銜，有連至十餘艇者。船如燭龍火蜃，屈曲連蜷，蟠委旋折，水火激射。舟中鑯鈸星鐃，讌歌弦管，騰騰如沸。士女憑欄轟笑，聲光凌亂，耳目不能自主。午夜，曲倦燈殘，星星自散。鍾伯敬有〈秦淮河燈船賦〉，備極形致。

兗州閱武

辛未三月，余至兗州，見直指閱武。馬騎三千，步兵七千，軍容甚壯。馬蹄卒步，滔滔曠曠，眼與俱駛，猛掣始回。其陣法奇在變換，旝動而鼓，左抽右旋，疾若風雨。陣既成列，則進圖直指前，立一牌曰「某陣變某陣」，連變十餘陣，奇不在整齊而在便捷。扮敵人百餘騎，數里外煙塵坌起。迾卒五騎，小如黑子，頃刻馳至，入轅門報警。建大將旗鼓，出奇設伏。敵騎突至，一鼓成擒，俘獻中軍。內以姣童扮女三四十騎，荷旃被毳，綉袪魋結，馬上走解，顛倒橫豎，借騎翻騰，柔如無骨。奏樂馬上，三弦、胡撥、琥珀詞、四上兒、密失、乂兒機、僸兜離，罔不畢集，在直指筵前供唱，北調淫俚，曲盡其妙。是年，參將羅某，北人，所扮者皆其歌童外宅，故極姣麗，恐易人為之，未必能爾也。

牛首山打獵

戊寅冬，余在留都，同族人隆平侯與其弟勳衛、甥趙欣城，貴州楊愛生，揚州顧不盈，余友呂起士、姚簡叔，姬侍王月生、顧眉、董白、李十、楊能，取戎衣衣客，並衣姬侍。姬侍服大紅錦狐嵌箭衣、昭君套，乘款段馬。鞲青骹，紲韓盧，焼箭手百餘人，旗幟棍棒稱是，出南門，校獵於牛首山前後，極馳驟縱送之樂。得鹿一、麂三、兔四、雉三、貓狸七。看劇於獻花巖，宿於祖塋。次日午後獵歸，出鹿麂以饗士，復縱飲於隆平家。江南不曉獵較為何事，余見之圖畫戲劇，今身親為之，果稱雄快。然自須勳戚豪右為之，寒酸不辦也。

楊神廟臺閣

楓橋楊神廟，九月迎臺閣。十年前迎臺閣，臺閣而已；自駱氏兄弟主之，一以思緻文理為之。扮馬上故事二三十騎，扮傳奇一本，年年換，三日亦三換之。其人與傳奇中人必酷肖方用，全在未扮時一指點為某似某，非人人絕倒者不之用。迎後，如扮胡槤者，直呼為胡槤，遂無不胡槤之，而此人反失其姓。人定，然後議扮法，必裂繒為之。果其人其袍鎧須某色、某緞、某花樣，雖匹錦數十金不惜也。一冠一履，主人全副精神在焉。諸友中有能生造刻畫者，一月前禮聘至，匠意為之，唯其使。裝束備，先期扮演，非百口叫絕又不用。故一人一騎，其中思緻文理，如玩古董名畫，一勾一勒不得放過焉。土人有小小災祲，輒以小白旗一面到廟禳之，所積盈庫。是日，以一竿穿旗三四，一人持竿三四走神前，長可七八里，如幾百萬白蝴蝶迴翔盤礴在山坳樹隙。四方來觀者數十萬人，市楓橋下，亦攤亦篷。臺閣上馬上有金珠寶石墮地，拾者如有物憑焉不能去，必送還神前；其在樹叢田坎間者，問神，輒示其處不或爽。

雪精

外祖陶蘭風先生倅壽州，得白騾，蹄跲都白，日行二百里，畜署中。壽州人病噎隔，輒取其尿療之。凡告期，乞騾尿狀常十數紙，外祖以木香沁其尿，詔百姓來取。後致仕歸，捐館，舅氏亹軒解騾贈余。余豢之十餘年許，實未嘗具一日草料，日夜聽其自出覓食，視其腹未嘗不飽，然亦不曉其何從得飽也。天曙，必至門祗候，進廄候驅策，至午勿御，仍出覓食如故。後漸跋扈難御，見余則馴服不動，跨鞍去如箭，易人則咆哮蹄齧，百計鞭策之不應也。一日，與風馬爭道城上，失足墮濠塹死，余命葬之，諡之曰「雪精」。

嚴助廟

陶堰司徒廟，漢會稽太守嚴助廟也。歲上元設供，任事者聚族謀之終歲。凡山物[1]觕觕，海物[2]噩噩，陸物[3]癡癡，水物[4]噞噞，羽物[5]毨毨，毛物[6]毧毧，洎非地[7]、非天[8]、非制[9]、非性[10]、非理[11]、非想[12]之物，無不集。庭實之盛，自帝王宗廟社稷壇壝所不能比靈斯者。十三日，以大船二十艘載盤軨，以童崽扮故事，無甚文理，以多為勝。城中及村落人，水逐陸奔，隨路兜截轉摺，謂之「看燈頭」。五夜，夜在廟演劇，梨園必倩越中上三班，或僱自武林者，纏頭日數萬錢。唱《伯喈》、《荊釵》，一老者坐臺下對院本，一字脫落，群起噪之，又開場重做。越中有「全伯喈」、「全荊釵」之名起此。天啟三年，余兄弟攜南院王岑、老串楊四、徐孟雅、圓社河南張大來輩往觀之。到廟蹴踘，張大來以一丁泥一串珠名世。球著足，渾身旋

1 虎、豹、麋鹿、獾豬之類。
2 江豚、海馬、鱘黃、沙魚之類。
3 豬必三百斤，羊必二百斤，一日一換。雞、鵝、梟、鴨之屬，不極肥不上貢。
4 凡蝦、魚、蟹、蚌之類，無不鮮活。
5 孔雀、白鷴、錦雞、白鸚鵡之屬，即生供之。
6 白鹿、白兔、活貂鼠之屬，亦生供之。
7 閩鮮荔枝、圓眼、北蘋婆果、沙果、文官果之類。
8 桃、梅、李、杏、楊梅、枇杷、櫻桃之屬，收藏如新擷。
9 熊掌、猩唇、豹胎之屬。
10 酒醉、蜜餞之類。
11 雲南蜜唧、峨嵋雪蛆之類。
12 天花龍蕈、雕鏤瓜棗、捻塑米麵之類。

滾，一似黏塵有膠、提掇有線、穿插有孔者，人人叫絕。劇至半，王岑扮李三娘，楊四扮火工竇老，徐孟雅扮洪一嫂，馬小卿十二歲扮咬臍，串《磨房》、《撇池》、《送子》、《出獵》四齣。科諢曲白，妙入筋髓，又復叫絕，遂解維歸。戲場氣奪，鑼不得響，燈不得亮。

乳酪

乳酪自駔儈為之，氣味已失，再無佳理。余自豢一牛，夜取乳置盆盎，比曉，乳花簇起尺許，用銅鐺煮之，瀹蘭雪汁，乳斤和汁四甌，百沸之。玉液珠膠，雪腴霜膩，吹氣勝蘭，沁入肺腑，自是天供。或用鶴觴花露入甑蒸之，以熱妙；或用豆粉攙和，漉之成腐，以冷妙；或煎酥，或作皮，或縛餅，或酒凝，或鹽醃，或醋捉，無不佳妙。而蘇州過小拙和以蔗漿霜，熬之、濾之、鑽之、掇之、印之為帶骨鮑螺，天下稱至味。其製法秘甚，鎖密房，以紙封固，雖父子不輕傳之。

二十四橋風月

廣陵二十四橋風月，邗溝尚存其意。渡鈔關，橫亙半里許，為巷者九條。巷故九，凡周旋折旋於巷之左右前後者什百之。巷口狹而腸曲，寸寸節節，有精房密戶，名妓、歪妓雜處之。名妓匿不見人，非嚮導莫得入。歪妓多可五六百人，每日傍晚，膏沐薰燒，出巷口，倚徙盤礴於茶館酒肆之前，謂之「站關」。茶館酒肆岸上紗燈百盞，諸妓揜映閃滅於其間，虵盩者簾，雄趾者閾。燈前月下，人無正色，所謂「一白能遮百醜」者，粉之力也。遊子過客，往來如梭，摩睛相覷，有當意者，逼前牽之去，而是妓忽出身分，肅客先行，自緩步尾之。至巷口，有偵伺者向巷門呼曰：「某姐有客了！」內應聲如雷，火燎即出，一一俱去，剩者不過二三十人。沉沉二漏，燈燭將燼，茶館黑魆無人聲。茶博士不好請出，惟作呵欠，而諸妓醵錢向茶博士買燭寸許，以待遲客。或發嬌聲唱《劈破玉》等小詞，或自相謔浪嘻笑，故作熱鬧，以亂時候；然笑言啞啞聲中，漸帶悽楚。夜分不得不去，悄然暗摸如鬼。見老鴇，受餓、受笞，俱不可知矣。余族弟卓如，美鬚髯，有情癡，善笑，到鈔關必狎妓，向余噱曰：「弟今日之樂，不減王公。」余曰：「何謂也？」曰：「王公大人侍妾數百，到晚耽耽望幸，當御者不過一人。弟過鈔關，美人數百人，目挑心招，視我如潘安，弟頤指氣使，任意揀擇，亦必得一當意者呼而侍我。王公大人，豈遂過我哉！」復大噱，余亦大噱。

世美堂燈

兒時跨蒼頭頸，猶及見王新建燈。燈皆貴重華美，珠燈料絲無論，即羊角燈亦描金細畫，纓絡罩之。懸燈百盞，尚須秉燭而行，大是悶人。余見《水滸傳》燈景詩，有云：「樓臺上下火照火，車馬往來人看人。」已盡燈理。余謂燈不在多，總求一亮。余每放燈，必用如椽大燭，顓令數人剪卸燼煤，故光迸重垣，無微不見。十年前，里人有李某者，為閩中二尹，撫臺委其造燈，選雕佛匠，窮工極巧，造燈十架，凡兩年。燈成而撫臺已物故，攜歸藏櫝中。又十年許，知余好燈，舉以相贈，余酬之五十金，十不當一，是為主燈；遂以燒珠、料絲、羊角、剔紗諸燈輔之。而友人有夏耳金者，剪綵為花，巧奪天工，罩以冰紗，有煙籠芍藥之致。更用粗鐵線界劃規矩，匠意出樣，剔紗為蜀錦皴，其界地鮮艷出人。耳金歲供鎮神，必造燈一盞，燈後，余每以善價購之。余一小傒善收藏，雖紙燈亦十年不得壞，故燈日富。又從南京得趙士元夾紗屏及燈帶數副，皆屬鬼工，決非人力。燈宵，出其所有，便稱勝事。鼓吹弦索，厮養臧獲，皆能為之。有蒼頭善製盆花，夏間以羊毛鍊泥墩，高二尺許，築地湧金蓮，聲同雷礮。花蓋畝餘，不用煞拍鼓鐃，清吹鎖吶應之，望花緩急為鎖吶緩急，望花高下為鎖吶高下。燈不演劇，則燈意不酣；然無隊舞鼓吹，則燈焰不發。余敕小傒串元劇四五十本。演元劇四齣，則隊舞一回，鼓吹一回，弦索一回。其間濃淡繁簡鬆實之妙，全在主人位置，使易人易地為之，自不能爾爾。故越中誇燈事之盛，必曰「世美堂燈」。

甯了

大父母喜豢珍禽：舞鶴三對、白鷴一對，孔雀二對，吐綬雞一隻，白鸚鵡、鶺哥、綠鸚鵡十數架。一異鳥名「甯了」，身小如鴿，黑翎如八哥，能作人語，絕不唅啲。大母呼媵婢，輒應聲曰：「某丫頭，太太叫！」有客至，叫曰：「太太，客來了，看茶！」有一新娘子善睡，黎明輒呼曰：「新娘子，天明瞭，起來罷！太太叫，快起來！」不起，輒罵曰：「新娘子，臭淫婦，浪蹄子！」新娘子恨甚，置毒藥殺之。寗了疑即秦吉了，蜀敘州出，能人言。一日夷人買去，驚死，其靈異酷似之。

張氏聲伎

謝太傅不畜聲伎，曰：「畏解，故不畜。」王右軍曰：「老年賴絲竹陶寫，恆恐兒輩�。」曰「解」，曰「覌」，古人用字深確。蓋聲音之道入人最微，一解則自不能已，一則自不能禁也。我家聲伎，前世無之，自大父於萬曆年間與范長白、鄒愚公、黃貞父、包涵所諸先生講究此道，遂破天荒為之。有可餐班，以張綵、王可餐、何閏、張福壽名；次則武陵班，以何韻士、傅吉甫、夏清之名；再次則梯仙班，以高眉生、李岕生、馬藍生名；再次則吳郡班，以王畹生、夏汝開、楊嘯生名；再次則蘇小小班，以馬小卿、潘小妃名；再次則平子茂苑班，以李含香、顧岕竹、應楚煙、楊騄騏名。主人解事日精一日，而傒童技藝亦愈出愈奇。余歷年半百，小傒自小而老、老而復小、小而復老者，凡五易之。無論可餐、武陵諸人，如三代法物，不可復見；梯仙、吳郡間有存者，皆為佝僂老人；而蘇小小班，亦強半化為異物矣。茂苑班則吾弟先去，而諸人再易其主。余則婆娑一老，以碧眼波斯，尚能別其妍醜。山中人至海上歸，種種海錯皆在其眼，請共舐之。

方物

越中清饞無過余者，喜啖方物。北京則蘋婆果、黃巤、馬牙松；山東則羊肚菜、秋白梨、文官果、甜子；福建則福橘、福橘餅、牛皮糖、紅乳腐；江西則青根、豐城脯；山西則天花菜；蘇州則帶骨鮑螺、山查丁、山查糕、松子糖、白圓、橄欖脯；嘉興則馬交魚脯、陶莊黃雀；南京則套櫻桃、桃門棗、地栗團、窩笋團、山查糖；杭州則西瓜、雞豆子、花下藕、韮芽、玄笋、塘棲蜜橘；蕭山則楊梅、蓴菜、鳩鳥、青鯽、方柿；諸暨則香貍、櫻桃、虎栗；嵊則蕨粉、細榧、龍遊糖；臨海則枕頭瓜；臺州則瓦楞蚶、江瑤柱；浦江則火肉；東陽則南棗；山陰則破塘笋、謝橘、獨山菱、河蟹、三江屯蟶、白蛤、江魚、鰣魚、裡河鰦。遠則歲致之，近則月致之、日致之。耽耽逐逐，日為口腹謀，罪孽固重。但由今思之，四方兵燹，寸寸割裂，錢塘衣帶水，猶不敢輕渡，則向之傳食四方，不可不謂之福德也。

祁止祥癖

人無癖不可與交，以其無深情也；人無疵不可與交，以其無真氣也。余友祁止祥有書畫癖，有蹴鞠癖，有鼓鈸癖，有鬼戲癖，有梨園癖。壬午，至南都，止祥出阿寶示余，余謂：「此西方迦陵鳥，何處得來？」阿寶妖冶如蕊女，而嬌癡無賴，故作澀勒，不肯著人。如食橄欖，咽澀無味而韻在回甘；如吃煙酒，鯁餇無奈而軟同沾醉。初如可厭，而過即思之。止祥精音律，咬釘嚼鐵，一字百磨，口口親授，阿寶輩皆能曲通主意。乙酉，南都失守，止祥奔歸，遇土賊，刀劍加頸，性命可傾，至寶是寶。丙戌，以監軍駐臺州，亂民鹵掠，止祥囊篋都盡，阿寶沿途唱曲，以膳主人。及歸剛半月，又挾之遠去。止祥去妻子如脫躧耳，獨以孌童崽子為性命，其癖如此。

泰安州客店

客店至泰安州，不復敢以客店目之。余進香泰山，未至店里許，見驢馬槽房二三十間；再近，有戲子寓二十餘處；再近，則密戶曲房，皆妓女妖冶其中。余謂是一州之事，不知其為一店之事也。投店者，先至一廳事，上簿掛號，人納店例銀三錢八分，又人納稅山銀一錢八分。店房三等。下客夜素早亦素，午在山上用素酒果核勞之，謂之「接頂」。夜至店，設席賀，謂燒香後，求官得官，求子得子，求利得利，故曰賀也。賀亦三等：上者專席，糖餅、五果、十餚、果核、演戲；次者二人一席，亦糖餅，亦餚核，亦演戲；下者三四人一席，亦糖餅、餚核，不演戲，用彈唱。計其店中，演戲者二十餘處，彈唱者不勝計。庖廚炊爨亦二十餘所，奔走服役者一二百人。下山後，葷酒狎妓惟所欲，此皆一日事也。若上山落山，客日日至，而新舊客房不相襲，葷素庖廚不相混，迎送廝役不相兼，是則不可測識之矣。泰安一州與此店比者五六所，又更奇。

卷五

范長白

范長白園在天平山下，萬石都焉。龍性難馴，石皆笏起。傍為范文正公墓。園外有長堤，桃柳曲橋，蟠屈湖面，橋盡抵園。園門故作低小，進門則長廊複壁，直達山麓。其繒樓、幔閣、秘室、曲房，故故匿之，不使人見也。山之左為桃源，峭壁迴湍，桃花片片流出。右孤山，種梅千樹。渡澗為小蘭亭，茂林修竹，曲水流觴，件件有之。竹大如椽，明靜娟潔，打磨滑澤如扇骨，是則蘭亭所無也。地必古跡，名必古人，此是主人學問。但桃則谿之，梅則嶼之，竹則林之，儘可自名其家，不必寄人籬下也。余至，主人出見。主人與大父同籍，以奇醜著。是日釋褐，大父嬲之曰：「丑不冠帶，范年兄亦冠帶了也。」人傳以笑。余亟欲一見。及出，狀貌果奇，似羊肚石雕一小猱，其鼻垔，顴頤猶殘缺失次也。冠履精潔，若諧謔談笑面目中不應有此。開山堂小飲，綺疏藻幕，備極華縟，秘閣請謳，絲竹摇颺，忽出層垣，知為女樂。飲罷，又移席小蘭亭，比晚辭去。主人曰：「寬坐，請看『少焉』。」余不解，主人曰：「吾鄉有縉紳先生，喜調文袋，以〈赤壁賦〉有『少焉月出於東山之上』句，遂字月為『少焉』。頃言『少焉』者，月也。」固留看月，晚景果妙。主人曰：「四方客來，都不及見小園雪，山石谽谺，銀濤蹴起，掀翻五泄，搗碎龍湫，世上偉觀，惜不令宗子見也。」步月而出，至元墓，宿葆生叔書畫舫中。

于園

于園在瓜州步五里鋪，富人于五所園也。非顯者刺則門鑰不得出。葆生叔同知瓜州，攜余往，主人處處款之。園中無他奇，奇在磥石。前堂石坡高二丈，上植果子松數棵，緣坡植牡丹、芍藥，人不得上，以實奇。後廳臨大池，池中奇峯絕壑，陡上陡下，人走池底，仰視蓮花，反在天上，以空奇。臥房檻外一壑，旋下如螺螄纏，以幽陰深邃奇。再後一水閣，長如艇子，跨小河，四圍灌木蒙叢，禽鳥啾唧，如深山茂林，坐其中，頹然碧窈。瓜州諸園亭，俱以假山顯，胎於石，娠於磥石之手，男女於琢磨搜剔之主人，至于園可無憾矣。儀真汪園，葦石費至四五萬，其所最如意者為飛來一峯，陰翳泥濘，供人唾罵。余見其棄地下一白石，高一丈、闊二丈而癡，癡妙；一黑石，闊八尺、高丈五而瘦，瘦妙。得此二石足矣，省下二三萬收其子母，以世守此二石何如？

諸工

竹與漆與銅與窯，賤工也。嘉興之臘竹，王二之漆竹，蘇州姜華雨之籋箓竹，嘉興洪漆之漆，張銅之銅，徽州吳明官之窯，皆以竹與漆與銅與窯名家起家，而其人且與縉紳先生列坐抗禮焉。則天下何物不足以貴人，特人自賤之耳。

姚簡叔畫

姚簡叔畫千古，人亦千古。戊寅，簡叔客魏為上賓，余寓桃葉渡，往來者閔汶水、曾波臣一二人而已。簡叔無半面交，訪余，一見如平生歡，遂榻余寓。與余料理米鹽之事，不使余知。有空，拉余飲淮上館，潦倒而歸。京中諸動戚、大老、朋儕、緇衲、高人、名妓與簡叔交者，必使交余，無或遺者。與余同起居者十日，有蒼頭至，方知其有妾在寓也。簡叔塞淵不露聰明，為人落落難合，孤意一往，使人不可親疏。與余交，不知何緣，反而求之不得也。訪友報恩寺，出冊葉百方，宋元名筆。簡叔眼光透入重紙，據梧精思，面無人色。及歸，為余仿蘇漢臣一圖：小兒方據澡盆浴，一腳入水，一腳退縮欲出；宮人蹲盆側，一手掖兒，一手為兒擤鼻涕；旁坐宮娥，一兒浴起伏其膝，為結綉𩍐。一圖，宮娥盛妝端立有所俟，雙鬟尾之；一侍兒捧盤，盤列二甌，意色向客；一宮娥持其盤，為整茶鍬，詳視端謹。覆視原本，一筆不失。

爐峯月

爐峯絕頂，複岫迴巒，斗聳相亂，千丈巖陬牙橫梧，兩石不相接者丈許，俯身下視，足震懾不得前。王文成少年曾趵而過，人服其膽。余叔爾蘊以氈裹體，縋而下，余挾二樵子，從壑底搲而上，可謂癡絕。丁卯四月，余讀書天瓦庵，午後同二三友人登絕頂看落照。一友曰：「少需之，俟月出去。勝期難再得，縱遇虎，亦命也。且虎亦有道，夜則下山覓豚犬食耳，渠上山亦看月耶？」語亦有理。四人踞坐金箭石上。是日，月政望，日沒月出，山中草木都發光怪，悄然生恐。月白路明，相與策杖而下。行未數武，半山嘷嘑，乃余蒼頭同山僧七八人，持火燎、䈰刀、木棍，疑余輩遇虎失路，緣山叫喊耳。余接聲應，奔而上，扶掖下之。次日，山背有人言：「昨晚更定，有火燎數十把，大盜百餘人，過張公嶺，不知出何地？」吾輩匿笑不之語。謝靈運開山臨澥，從者數百人，太守王琇驚駴，謂是山賊，及知為靈運，乃安。吾輩是夜不以山賊縛獻太守，亦幸矣。

湘湖

西湖，田也而湖之，成湖焉；湘湖，亦田也而湖之，不成湖焉。湖西湖者，坡公也，有意於湖而湖之者也；湖湘湖者，任長者也，不願湖而湖之者也。任長者有湘湖田數百頃，稱巨富。有術者相其一夜而貧，不信。縣官請湖湘湖灌蕭山田，詔湖之，而長者之田一夜失，遂赤貧如術者言。今雖湖，尚田也，不下插板，不築堰，則水立涸；是以湖中水道，非熟於湖者不能行咫尺。遊湖者堅欲去，必尋湖中小船與湖中識水道之人，遡十闋三，鯁咽不之暢焉。湖裡外鎖以橋，裡湖愈佳。蓋西湖止一湖心亭為眼中黑子，湘湖皆小阜、小墩、小山，亂插水面，四圍山趾，棱棱礪礪，濡足入水，尤為奇峭。余謂西湖如名妓，人人得而媟褻之；鑒湖如閨秀，可欽而不可狎；湘湖如處子，眡娗羞澀，猶及見其未嫁時也。此是定評，確不可易。

柳敬亭說書

南京柳麻子，黧黑，滿面疤㾦，悠悠忽忽，土木形骸，善說書。一日說書一回，定價一兩。十日前先送書帕下定，常不得空。南京一時有兩行情人：王月生、柳麻子是也。余聽其說「景陽岡武松打虎」白文，與本傳大異。其描寫刻畫，微入毫髮，然又找截乾淨，並不嘮叨。㗂夬聲如巨鐘，說至筋節處，叱吒叫喊，洶洶崩屋。武松到店沽酒，店內無人，謈地一吼，店中空缸空甓皆甕甕有聲。閒中著色，細微至此。主人必屏息靜坐，傾耳聽之，彼方掉舌。稍見下人呫嗶耳語，聽者欠伸有倦色，輒不言，故不得強。每至丙夜，拭桌剪燈，素甆靜遞，款款言之，其疾徐輕重，吞吐抑揚，入情入理，入筋入骨，摘世上說書之耳而使之諦聽，不怕其不齰舌死也。柳麻子貌奇醜，然其口角波俏，眼目流利，衣服恬靜，直與王月生同其婉孌，故其行情正等。

樊江陳氏橘

樊江陳氏，闢地為果園，枸菊圍之。自麥為蒟醬，自秫釀酒，酒香洌，色如淡金蜜珀，酒人稱之。自果自蓏，以螯乳醴之為冥果。樹謝橘百株，青不擷，酸不擷，不樹上紅不擷，不霜不擷，不連蒂剪不擷。故其所擷，橘皮寬而綻，色黃而深，瓤堅而脆，筋解而脫，味甜而鮮。第四門、陶堰、道墟以至塘棲，皆無其比。余歲必親至其園買橘，寧遲、寧貴、寧少。購得之，用黃砂缸，藉以金城稻草或燥松毛收之。閱十日，草有潤氣，又更換之。可藏至三月盡，甘脆如新擷者。枸菊城主人橘百樹，歲獲絹百匹，不愧木奴。

治沅堂

古有拆字法。宣和間，成都謝石拆字，言禍福如響。欽宗聞之，書一「朝」字，令中貴人持試之。石見字，端視中貴人曰：「此非觀察書也。」中貴人愕然。石曰：「『朝』字離之為『十月十日』，乃此月此日所生之天人，得非上位耶？」一國駭異。吾越謝文正廳事名「保錫堂」，後易之他姓，主人至，亟去其扁，人問之，曰：「分明寫『呆人易金堂』。」朱石門為文選署中額「典劇」二字，繼之者顧諸吏曰：「爾知諸公意乎？此二字離合言之，曰『曲處曲處八刀八刀』耳。」歙許相國孫志吉為大理評事，受魏璫指，案賣黃山，勢張甚，當道媚之，送一扁曰「大卜于門」。里人夜至，增減其筆劃凡三：一曰「天下未聞」；一倒讀之曰「闔手下犬」；一曰「太平拿問」。後直指提問，械至太平，果如其言。凡此數者皆有義味。而吾鄉縉紳有名「治沅堂」者，人不解其義，問之，笑不答，力究之，縉紳曰：「無他意，亦止取『三臺三元』之義云爾！」聞者噴飯。

虎邱中秋夜

虎邱八月半，土著流寓、士夫眷屬、女樂聲伎、曲中名妓戲婆、民間少婦好女、崽子孌童及遊冶惡少、清客幫閒、傒僮走空之輩，無不鱗集。自生公臺、千人石、鶴澗、劍池、申文定祠，下至試劍石、一二山門，皆鋪氈席地坐，登高望之，如雁落平沙，霞鋪江上。天暝月上，鼓吹百十處，大吹大擂，十番鐃鈸，漁陽摻撾，動地翻天，雷轟鼎沸，呼叫不聞。更定，鼓鐃漸歇，絲管繁興，雜以歌唱，皆「錦帆開澄湖萬頃」同場大曲，蹲踏和鑼絲竹肉聲，不辨拍煞。更深，人漸散去，士夫眷屬皆下船水嬉，席席徵歌，人人獻技，南北雜之，管弦迭奏，聽者方辨句字，藻鑒隨之。二鼓人靜，悉屏管弦，洞簫一縷，哀澀清綿，與肉相引，尚存三四，迭更為之。三鼓，月孤氣肅，人皆寂闃，不雜蚊虻。一夫登場，高坐石上，不簫不拍，聲出如絲，裂石穿雲，串度抑揚，一字一刻，聽者尋入鍼芥，心血為枯，不敢擊節，惟有點頭。然此時雁比而坐者，猶存百十人焉。使非蘇州，焉討識者！

麋公

萬曆甲辰，有老醫馴一大角鹿，以鐵鉗其趾，設鞍韉其上，用籠頭銜勒騎而走，角上掛葫蘆藥瓮，隨所病出藥，服之輒愈。家大人見之喜，欲售其鹿，老人欣然肯解以贈，大人以三十金售之。五月朔日為大父壽，大父偉碩，跨之走數百步，輒立而喘，常命小傒籠之，從遊山澤。次年至雲間，解贈陳眉公。眉公羸瘦，行可連二三里，大喜。後攜至西湖六橋、三竺間，竹冠羽衣，往來於長堤深柳之下，見者嘖嘖稱為「謫仙」。後眉公復號「麋公」者，以此。

揚州清明

揚州清明，城中男女畢出，家家展墓。雖家有數墓，日必展之。故輕車駿馬，簫鼓畫船，轉摺再三，不辭往復。監門小戶，亦攜殽核紙錢，走至墓所，祭畢，席地飲胙。自鈔關、南門、古渡橋、天寧寺、平山堂一帶，靚妝藻野，袨服縟川。隨有貨郎，路旁擺設骨董古玩並小兒器具。博徒持小杌坐空地，左右鋪祖衫半臂，紗裙汗帨，銅爐錫注，瓷甌漆奩，及肩彘鮮魚、秋梨福橘之屬，呼朋引類，以錢擲地，謂之「跌成」；或六或八或十，謂之「六成」「八成」「十成」焉。百十其處，人環觀之。是日，四方流寓及徽商西賈、曲中名妓，一切好事之徒，無不咸集。長塘豐草，走馬放鷹；高阜平岡，鬥雞蹴踘；茂林清樾，劈阮彈箏。浪子相撲，童稚紙鳶，老僧因果，瞽者說書。立者林林，蹲者蟄蟄。日暮霞生，車馬紛遝。宦門淑秀，車幕盡開，婢媵倦歸，山花斜插，臻臻簇簇，奪門而入。余所見者，惟西湖春、秦淮夏、虎邱秋，差足比擬。然彼皆團簇一塊，如畫家橫披；此獨魚貫雁比，舒長且三十里焉，則畫家之手卷矣。南宋張擇端作《清明上河圖》，追摹汴京景物，有西方美人之思，而余目盱盱，能無夢想！

金山競渡

看西湖競渡十二三次，己巳競渡於秦淮，辛未競渡於無錫，壬午競渡於瓜州，於金山寺。西湖競渡，以看競渡之人勝，無錫亦如之。秦淮有燈船無龍船，龍船無瓜州比，而看龍船亦無金山寺比。瓜州龍船一二十隻，刻畫龍頭尾，取其怒；傍坐二十人持大楫，取其悍；中用綵篷，前後旌幢綉傘，取其絢；撞鉦撾鼓，取其節；艄後列軍器一架，取其鍔；龍頭上一人足倒豎，敁敠其上，取其危；龍尾掛一小兒，取其險。自五月初一至十五日，日晝地而出。五日出金山，鎮江亦出。驚湍跳沫，群龍格鬥，偶墮洄渦，則百捷捽，蟠委出之。金山上人團簇，隔江望之，螘附蜂屯，蠢蠢欲動。晚則萬艓齊開，兩岸沓沓然而沸。

劉暉吉女戲

女戲以妖冶恕，以嘽緩恕，以態度恕，故女戲者全乎其為恕也；若劉暉吉則異是。劉暉吉奇情幻想，欲補從來梨園之缺陷。如《唐明皇遊月宮》：葉法善作，場上一時黑魆地暗，手起劍落，霹靂一聲，黑幔忽收，露出一月，其圓如規，四下以羊角染五色雲氣，中坐常儀，桂樹吳剛，白兔搗藥。輕紗幔之內，燃賽月明數株，光焰青黎，色如初曙，撒布成梁，遂躡月窟，境界神奇，忘其為戲也。其他如舞燈：十數人手攜一燈，忽隱忽現，怪幻百出，匪夷所思，令唐明皇見之，亦必目睜口開，謂氍毹場中那得如許光怪耶！彭天錫向余道：「女戲至劉暉吉，何必男子！何必彭大！」天錫，曲中南、董，絕少許可，而獨心折暉吉家姬，其所賞鑒，定不草草。

朱楚生

朱楚生，女戲耳，調腔戲耳；其科白之妙，有本腔不能得十分之一者。蓋四明姚益城先生精音律，與楚生輩講究關節，妙入情理，如《江天暮雪》、《霄光劍》、《畫中人》等戲，雖崑山老教師細細摹擬，斷不能加其毫末也。班中腳色，足以鼓吹楚生者方留之，故班次愈妙。楚生色不甚美，雖絕世佳人無其風韻。楚楚謖謖，其孤意在眉，其深情在睫，其解意在煙視媚行。性命於戲，下全力為之。曲白有誤，稍微訂正之，雖後數月，其誤處必改削如所語。楚生多坐馳，一往深情，搖颺無主。一日，同余在定香橋，日晡煙生，林木窅冥，楚生低頭不語，泣如雨下，余問之，作飾語以對。勞心忡忡，終以情死。

揚州瘦馬

揚州人日飲食於瘦馬之身者數十百人。娶妾者切勿露意，稍透消息，牙婆駔儈，咸集其門，如蠅附羶，撩撲不去。黎明，即促之出門，媒人先到者先挾之去，其餘尾其後，接踵伺之。

至瘦馬家，坐定，進茶，牙婆扶瘦馬出，曰：「姑娘拜客。」下拜。曰：「姑娘往上走。」走。曰：「姑娘轉身。」轉身向明立，面出。曰：「姑娘借手睄睄。」盡褫其袂，手出、臂出、膚亦出。曰：「姑娘睄相公。」轉眼偷覷，眼出。曰：「姑娘幾歲了？」曰：幾歲，聲出。曰：「姑娘再走走。」以手拉其裙，趾出。然看趾有法，凡出門裙幅先響者必大；高繫其裙，人未出而趾先出者必小。曰：「姑娘請回。」一人進，一人又出。看一家必五六人，咸如之。看中者，用金簪或釵一股插其鬢，曰「插帶」。看不中，出錢數百文，賞牙婆或賞其家侍婢，又去看。牙婆倦，又有數牙婆踵伺之。一日、二日，至四五日，不倦亦不盡，然看至五六十人，白面紅衫，千篇一律，如學字者一字寫至百至千，連此字亦不認得矣。心與目謀，毫無把柄，不得不聊且遷就，定其一人。插帶後，本家出一紅單，上寫綵緞若干，金花若干，財禮若干，布匹若干，用筆蘸墨，送客點閱。客批財禮及緞匹如其意，則肅客歸。歸未抵寓，而鼓樂、盤擔、紅綠、羊酒在其門久矣。不一刻而禮幣、餻果俱齊，鼓樂導之去。去未半里而花轎、花燈、擎燎、火把、山人、儐相、紙燭、供果、牲醴之屬，門前環侍。廚子挑一擔至，則蔬果、餚饌、湯點、花棚、糖餅、桌圍、坐褥、酒壺、杯箸、龍虎壽星、撒帳牽紅、小唱弦索之類，又畢備矣。不待覆命，亦不待主人命，而花轎及親送小轎一齊往迎，鼓樂燈燎，新人轎與親送轎一時俱到矣。新人拜堂，親送上席，小唱鼓吹，喧闐熱鬧。日未午而討賞遽去，急往他家，又復如是。

卷六

彭天錫串戲

彭天錫串戲妙天下，然齣齣皆有傳頭，未嘗一字杜撰。曾以一齣戲，延其人至家費數十金者，家業十萬緣手而盡。三春多在西湖，曾五至紹興，到余家串戲五六十場而窮其技不盡。天錫多扮丑淨，千古之奸雄佞倖，經天錫之心肝而愈狠，借天錫之面目而愈刁，出天錫之口角而愈險。設身處地，恐紂之惡不如是之甚也。皺眉眡眼，實實腹中有劍，笑裡有刀，鬼氣殺機，陰森可畏。蓋天錫一肚皮書史，一肚皮山川，一肚皮機械，一肚皮磥砢不平之氣，無地發洩，特於是發洩之耳。余嘗見一齣好戲，恨不得法錦包裹，傳之不朽；嘗比之天上一夜好月，與得火候一杯好茶，祇可供一刻受用，其實珍惜之不盡也。桓子野見山水佳處，輒呼：「奈何！奈何！」真有無可奈何者，口說不出。

目蓮戲

余蘊叔演武場，搭一大臺，選徽州旌陽戲子，剽輕精悍、能相撲跌打者三四十人，搬演目蓮，凡三日三夜。四圍女臺百什座，戲子獻技臺上，如度索舞絚、翻桌翻梯、觔斗蜻蜓、蹬罈蹬臼、跳索跳圈，竄火竄劍之類，大非情理。凡天神地祇、牛頭馬面、鬼母喪門、夜叉羅剎、鋸磨鼎鑊、刀山寒冰、劍樹森羅、鐵城血澥，一似吳道子《地獄變相》，為之費紙札者萬錢，人心惴惴，燈下面皆鬼色。戲中套數，如《招五方惡鬼》、《劉氏逃棚》等劇，萬餘人齊聲吶喊，熊太守謂是海寇卒至，驚起，差衙官偵問，余叔自往復之，乃安。臺成，叔走筆書二對。一曰：「果證幽明，看善善惡惡隨形答響，到底來那個能逃？道通晝夜，任生生死死換姓移名，下場去此人還在。」一曰：「裝神扮鬼，愚蠢的心下驚慌，怕當真也是如此。成佛作祖，聰明人眼底忽略，臨了時還待怎生？」真是以戲說法。

甘文臺爐

香爐貴適用，尤貴耐火。三代青綠，見火即敗壞，哥、汝窰亦如之。便用便火，莫如宣爐。然近日宣銅一爐，價百四五十金，焉能辦之？北鑄如施銀匠亦佳，但粗夯可厭。蘇州甘回子文臺，其撥蠟範沙，深心有法，而燒銅色等分兩，與宣銅款緻分毫無二，俱可亂真；然其與人不同者，尤在銅料。甘文臺以回回教門不崇佛法，烏斯藏滲金佛，見即錘碎之，不介意，故其銅質不特與宣銅等，而有時實勝之。甘文臺自言佛像遭劫已七百尊有奇矣。余曰：「使回回國別有地獄，則可。」

紹興燈景

紹興燈景為海內所誇者無他，竹賤、燈賤、燭賤。賤，故家家可為之；賤，故家家以不能燈為恥。故自莊逵以至窮簷曲巷，無不燈、無不棚者。棚以二竿竹搭過橋，中橫一竹，掛雪燈一，燈球六。大街以百計，小巷以十計。從巷口回視巷內，複疊堆垛，鮮妍飄灑，亦足動人。十字街搭木棚，掛大燈一，俗曰「呆燈」，畫《四書》、《千家詩》故事，或寫燈謎，環立猜射之。庵堂寺觀以木架作柱燈及門額，寫「慶賞元宵」、「與民同樂」等字。佛前紅紙荷花琉璃百盞，以佛圖燈帶間之，熊熊煜煜。廟門前高臺鼓吹，五夜市廛，如橫街軒亭、會稽縣西橋，閭里相約，故盛其燈，更於其地鬥獅子燈，鼓吹彈唱，施放煙火，擠擠雜雜。小街曲巷有空地，則跳大頭和尚，鑼鼓聲錯，處處有人團簇看之。城中婦女，多相率步行，往鬧處看燈；否則大家小戶雜坐門前，吃瓜子糖豆，看往來士女，午夜方散。鄉村夫婦，多在白日進城，喬喬畫畫，東穿西走，曰「鑽燈棚」，曰「走燈橋」，天晴無日無之。萬曆間，父叔輩於龍山放燈，稱盛事，而年來有效之者。次年，朱相國家放燈塔山。再次年，放燈蕺山。蕺山以小戶效顰，用竹棚多掛紙魁星燈。有輕薄子作口號嘲之曰：「蕺山燈景實堪誇，葫篠竿頭掛夜叉。若問搭彩是何物？手巾腳布神袍紗。」繇今思之，亦是不惡。

韻山

大父至老，手不釋卷，齋頭亦喜書畫、瓶几布設，不數日，翻閱搜討，塵堆研表，卷帙正倒參差。常從塵硯中磨墨一方，頭眼入於紙筆，潦草作書生家蠅頭細字。日晡向晦，則攜卷出簾外，就天光爇燭，檠高光不到紙，輒倚几攜書就燈，與光俱頫，每至夜分，不以為疲。常恨《韻府群玉》、《五車韻瑞》寒儉可笑，意欲廣之。乃博採群書，用淮南「大小山」義，摘其事曰「大山」，摘其語曰「小山」，事語已詳本韻而偶寄他韻下曰「他山」，膾炙人口者曰「殘山」，總名之曰「韻山」。小字襞積，煙煤殘楮，厚如磚塊者三百餘本。一韻積至十餘本，《韻府》、《五車》不啻千倍之矣。正欲成帙，胡儀部青蓮攜其尊人所出中秘書，名《永樂大典》者，與「韻山」正相類，大帙三十餘本，一韻中之一字猶不盡焉。大父見而太息曰：「書囊無盡，精衛銜石填海，所得幾何！」遂輟筆而止。以三十年之精神，使為別書，其博洽應不在王弇州、楊升庵下。今此書再加三十年，亦不能成，縱成亦力不能刻。筆塚如山，祇堪覆瓿，余深惜之。丙戌兵亂，余載往九里山，藏之藏經閣，以待後人。

天童寺僧

戊寅，同秦一生詣天童訪金粟和尚。到山門，見萬工池綠淨，可鑒鬚眉，傍有大鍋覆地，問僧，僧曰：「天童山有龍藏，龍常下飲池水，故此水芻穢不入。正德間，二龍鬥，寺僧五六百人撞鐘鼓撼之，龍怒，掃寺成白地，鍋其遺也。」入大殿，宏麗莊嚴。折入方丈，通名刺。老和尚見人便打，曰「棒喝」。余坐方丈，老和尚遲遲出，二侍者執杖、執如意先導之，南向立，曰：「老和尚出。」又曰：「怎麼行禮？」蓋官長見者皆下拜，無抗禮，余屹立不動，老和尚下行賓主禮。侍者又曰：「老和尚怎麼坐？」余又屹立不動，老和尚肅余坐。坐定，余曰：「二生門外漢，不知佛理，亦不知佛法，望老和尚慈悲，明白開示。勿勞棒喝，勿落機鋒，只求如家常白話，老實商量，求個下落。」老和尚首肯余言，導余隨喜。早晚齋方丈，敬禮特甚。余遍觀寺中僧匠千五百人，具舂者、碓者、磨者、甑者、汲者、爨者、鋸者、劈者、菜者、飯者，猙獰急遽，大似吳道子一幅《地獄變相》。老和尚規矩嚴肅，常自起撞人，不止棒喝。

水滸牌

古貌、古服、古兜鍪、古鎧冑、古器械，章侯自寫其所學所問已耳，而輒呼之曰「宋江」，曰「吳用」，而「宋江」、「吳用」亦無不應者，以英雄忠義之氣，鬱鬱芊芊，積於筆墨間也。周孔嘉丐余促章侯，孔嘉丐之，余促之，凡四閱月而成。余為作緣起曰：「余友章侯，才足掞天，筆能泣鬼，昌谷道上，婢囊嘔血之詩；蘭渚寺中，僧秘開花之字。兼之力開畫苑，遂能目無古人，有索必酬，無求不與。既蠲郭恕先之癖，喜周賈耘老之貧，畫《水滸》四十人，為孔嘉八口計，遂使宋江兄弟，復睹漢官威儀。伯益考著《山海》遺經，獸毨鳥氄，皆拾為千古奇文；吳道子畫《地獄變相》，青面獠牙，盡化作一團清氣。收掌付雙荷葉，能月繼三石米，致二斗酒，不妨持贈；珍重如柳河東，必日灌薔薇露，薰玉蕤香，方許解觀。非敢阿私，願公同好。」

煙雨樓

嘉興人開口煙雨樓，天下笑之，然煙雨樓故自佳。樓襟對鴛澤湖，涳涳濛濛，時帶雨意，長蘆高柳，能與湖為淺深。湖多精舫，美人航之，載書畫茶酒，與客期於煙雨樓。客至，則載之去，艤舟於煙波縹緲。態度幽閒，茗爐相對，意之所安，經旬不返。舟中有所需，則逸出宣公橋、用里街，果蓏蔬鮮，法膳瓊蘇，咄嗟立辦，旋即歸航。柳灣桃塢，癡迷佇想，若遇仙緣，灑然言別，不落姓氏。間有倩女離魂，文君新寡，亦效顰為之。淫靡之事，出以風韻，習俗之惡，愈出愈奇。

朱氏收藏

朱氏家藏，如龍尾觥、合巹杯，雕鏤鍥刻，真屬鬼工，世不再見。餘如秦銅漢玉、周鼎商彝、哥窰倭漆、廠盒宣爐、法書名畫、晉帖唐琴，所畜之多，與分宜埒富，時人譏之。余謂博洽好古，猶是文人韻事；風雅之列，不黜曹瞞；賞鑒之家，尚存秋壑。詩文書畫未嘗不擡舉古人，恆恐子孫效尤，以袖攫石、攫金銀以賺田宅，豪奪巧取，未免有累盛德。聞昔年朱氏子孫，有欲賣盡「坐朝問道」四號田者，余外祖蘭風先生謔之曰：「你只管坐朝問道，怎不管垂拱平章？」一時傳為佳話。

仲叔古董

葆生叔少從渭陽遊，遂精賞鑒。得白定爐、哥窰瓶、官窰酒匜，項墨林以五百金售之，辭曰：「留以殉葬。」癸卯，道淮上有鐵梨木天然几，長丈六，闊三尺，滑澤堅潤，非常理。淮撫李三才百五十金不能得，仲叔以二百金得之，解維遽去。淮撫大恚怒，差兵躡之，不及而返。庚戌，得石璞三十斤，取日下水滌之，石罅中光射如鸜哥祖母，知是水碧，仲叔大喜。募玉工仿朱氏龍尾觥一，合巹杯一，享價三千，其餘片屑寸皮，皆成異寶。仲叔贏資巨萬，收藏日富。戊辰後，倅姑熟，倅姑蘇，尋令盟津。河南為銅藪，所得銅器盈數車，美人觚一種，大小十五六枚，青綠徹骨，如翡翠，如鬼眼青，有不可正視之者，歸之燕客，一日失之。或是龍藏收去。

噱社

仲叔善詼諧，在京師與漏仲容、沈虎臣、韓求仲輩結噱社，唼喋數言，必絕纓噴飯。漏仲容為帖括名士，常曰：「吾輩老年讀書做文字，與少年不同。少年讀書，如快刀切物，眼光逼注皆在行墨空處，一過輒了。老年如以指頭掐字，掐得一個，只是一個，掐得不著時，只是白地。少年做文字，白眼看天，一篇現成文字掛在天上，頃刻下來，刷入紙上，一刷便完。老年如惡心嘔吐，以手扼入齒嚨出之，出亦無多，總是渣穢。」此是格言，非止諧語。一日，韓求仲與仲叔同讌一客，欲連名速之，仲叔曰：「我長求仲，則我名應在求仲前，但綴繩頭於如拳之上，則是細注在前，白文在後，那有此理！」人皆失笑。沈虎臣出語尤尖巧。仲叔候座師收一帽套，此日嚴寒，沈虎臣嘲之曰：「座主已收帽套去，此地空餘帽套頭。帽套一去不復返，此頭千載冷悠悠。」其滑稽多類此。

魯府松棚

報國寺松，蔓引饔委，已入藤理。入其下者，蹣跚跼蹐，氣不得舒。魯府舊邸二松，高丈五，上及簷甃，勁竿如蛇脊，屈曲撐距，意色酣怒，鱗爪拏攫，義不受制，鬣起鍼鍼，怒張如戟。舊府呼「松棚」，故松之意態情理，無不棚之。便殿三楹，盤鬱殆遍，暗不通天，密不通雨。魯憲王晚年好道，嘗取松肘一節，抱與同臥，久則滑澤酣酡，似有血氣。

一尺雪

一尺雪為芍藥異種，余於兗州見之。花瓣純白，無鬚萼，無檀心，無星星紅紫，潔如羊脂，細如鶴翮，結樓吐舌，粉艷雪腴。上下四旁方三尺，幹小而弱，力不能支，蕊大如芙蓉，輒縛一小架扶之。大江以南，有其名無其種，有其種無其土，蓋非兗勿易見之也。兗州種芍藥者如種麥，以鄰以畝。花時讌客，棚於路、綵於門、衣於壁、障於屏、綴於簾、簪於席、裀於階者，畢用之，日費數千勿惜。余昔在兗，友人日剪數百朵送寓所，堆垛狼藉，真無法處之。

菊海

兗州張氏期余看菊，去城五里，余至其園，盡其所為園者而折旋之，又盡其所不盡為園者而周旋之，絕不見一菊，異之。移時，主人導致一蒼莽空地，有葦廠三間，肅余入，遍觀之，不敢以菊言，真菊海也。廠三面，砌壇三層，以菊之高下高下之。花大如瓷甌，無不球，無不甲，無不金銀荷花瓣，色鮮艷，異凡本，而翠葉層層，無一葉早脫者。此是天道，是土力，是人工，缺一不可焉。兗州縉紳家風氣襲王府，賞菊之日，其桌，其炕、其燈、其爐、其盤、其盒、其盆盎、其餚器、其杯盤大觥、其壺、其幃、其褥、其酒、其麵食、其衣服花樣，無不菊者。夜燒燭照之，蒸蒸烘染，較日色更浮出數層。席散，撤葦簾以受繁露。

曹山

萬曆甲辰，大父游曹山，大張樂於獅子巖下。石梁先生戲作山君檄討大父，祖昭明太子語，謂若以管弦汙我巖壑。大父作檄罵之，有曰：「誰云鬼刻神鏤，竟是殘山剩水！」石簣先生嗤石梁曰：「文人也，那得犯其鋒！不若自認以『殘山剩水』四字摩崖勒之。」先輩之引重如此。曹石宕為外祖放生池，積三十餘年，放生幾百千萬，有見池中放光如萬炬燭天，魚蝦荇藻附之而起直達天河者。余少時從先宜人至曹山庵作佛事，以大竹篰貯西瓜四，浸宕內。須臾，大聲起巖下，水噴起十餘丈，三小舟纜斷，顛翻波中，衝擊幾碎。舟人急起視，見大魚如舟，口欱四瓜，掉尾而下。

齊景公墓花罇

霞頭沈僉事宦遊時，有發掘齊景公墓者，跡之，得銅豆三，大花罇二。豆樸素無奇。花罇高三尺，束腰拱起，口方而敞，四面戟楞，花紋獸面，粗細得款，自是三代法物。歸乾劉陽太公，余見賞識之，太公取與嚴，一介不敢請。及宦粵西，外母歸余齋頭，余拂拭之，為發異光。取浸梅花，貯水汗下如雨，逾刻始收，花謝結子，大如雀卵。余藏之兩年，太公歸自粵西，稽覆之，余恐傷外母意，亟歸之。後為駔儈所啖，竟以百金售去，可惜！今聞在歙縣某氏家廟。

卷七

西湖香市

西湖香市，起於花朝，盡於端午。山東進香普陀者日至，嘉湖進香天竺者日至，至則與湖之人市焉，故曰香市。然進香之人市於三天竺，市於岳王墳，市於湖心亭，市於陸宣公祠，無不市，而獨湊集於昭慶寺，昭慶寺兩廊故無日不市者。三代八朝之骨董、蠻夷閩貊之珍異，皆集焉。至香市，則殿中邊甬道上下、池左右、山門內外，有屋則攤，無屋則廠，廠外又棚，棚外又攤，節節寸寸。凡簪珥、牙尺剪刀，以至經典木魚、兒嬉具之類，無不集。此時春暖，桃柳明媚，鼓吹清和，岸無留船，寓無留客，肆無留釀。袁石公所謂「山色如娥，花光如頰，波紋如綾，溫風如酒」，已畫出西湖三月。而此以香客雜來，光景又別。士女閒都，不勝其村妝野婦之喬畫；芳蘭薌澤，不勝其合香芫荽之薰蒸；絲竹管弦，不勝其搖鼓欱笙之聒帳；鼎彝光怪，不勝其泥人竹馬之行情；宋元名畫，不勝其湖景佛圖之紙貴。如逃如逐，如奔如追，撩撲不開，牽挽不住。數百十萬男男女女、老老少少，日簇擁於寺之前後左右者，凡四閱月方罷。恐大江以東，斷無此二地矣。崇禎庚辰三月，昭慶寺火。是歲及辛巳、壬午洊饑，民強半餓死。壬午虜鯁山東，香客斷絕，無有至者，市遂廢。辛巳夏，余在西湖，但見城中餓殍舁出，扛挽相屬。時杭州劉太守夢謙，汴梁人，鄉里抽豐者，多寓西湖，日以民詞饋送。有輕薄子改古詩誚之曰：「山不青山樓不樓，西湖歌舞一時休。暖風吹得死人臭，還把杭州送汴州。」可作西湖實錄。

鹿苑寺方柹

蕭山方柹，皮綠者不佳，皮紅而肉糜爛者不佳，必樹頭紅而堅脆如藕者，方稱絕品。然間遇之，不多得。余向言西瓜生於六月，享盡天福；秋白梨生於秋，方柹、綠柹生於冬，未免失候。丙戌，余避兵西白山，鹿苑寺前後有夏方柹十數株。六月歊暑，柹大如瓜，生脆如咀冰嚼雪，目為之明，但無法製之，則澀勒不可入口。土人以桑葉煎湯候冷，加鹽少許，入甕內，浸柹沒其頸，隔二宿取食，鮮磊異常。余食蕭山柹多澀，請贈以此法。

西湖七月半

西湖七月半，一無可看，止可看看七月半之人。看七月半之人，以五類看之：其一，樓船簫鼓，峨冠盛筵，燈火優傒，聲光相亂，名為看月而實不見月者，看之；其一，亦船亦樓，名娃閨秀，攜及童孌，笑啼雜之，環坐露臺，左右盼望，身在月下而實不看月者，看之；其一，亦船亦聲歌，名妓閒僧，淺斟低唱，弱管輕絲，竹肉相發，亦在月下，亦看月而欲人看其看月者，看之；其一，不舟不車，不衫不幘，酒醉飯飽，呼群三五，躋入人叢，昭慶、斷橋，嘄呼嘈雜，裝假醉，唱無腔曲，月亦看，看月者亦看，不看月者亦看，而實無一看者，看之；其一，小船輕幌，淨几煖爐，茶鐺旋煮，素瓷靜遞，好友佳人，邀月同坐，或匿影樹下，或逃囂裡湖，看月而人不見其看月之態，亦不作意看月者，看之。杭人遊湖，巳出酉歸，避月如仇，是夕好名，逐隊爭出，多犒門軍酒錢，轎夫擎燎，列俟岸上。一入舟，速舟子急放斷橋，趕入勝會。以故二鼓以前，人聲鼓吹，如沸如撼，如魘如囈，如聾如啞，大船小船一齊湊岸，一無所見，止見篙擊篙，舟觸舟，肩摩肩，面看面而已。少刻興盡，官府席散，皂隸喝道去；轎夫叫，船上人怖以關門，燈籠火把如列星，一一簇擁而去。岸上人亦逐隊趕門，漸稀漸薄，頃刻散盡矣。吾輩始艤舟近岸，斷橋石磴始涼，席其上，呼客縱飲。此時，月如鏡新磨，山復整妝，湖復頮面。向之淺斟低唱者出，匿影樹下者亦出，吾輩往通聲氣，拉與同坐。韻友來，名妓至，杯箸安，竹肉發。月色蒼涼，東方將白，客方散去。吾輩縱舟，酣睡於十里荷花之中，香氣拍人，清夢甚愜。

及時雨

壬申七月，村村禱雨，日日扮潮神海鬼，爭唾之。余里中扮《水滸》，且曰：畫《水滸》者，龍眠、松雪近章侯，總不如施耐庵，但如其面勿黛，如其髭勿鬣，如其兜鍪勿紙，如其刀杖勿樹，如其傳勿杜撰，勿弋陽腔，則十得八九矣。於是分頭四出，尋黑矮漢，尋梢長大漢，尋頭陀，尋胖大和尚，尋茁壯婦人，尋姣長婦人，尋青面，尋歪頭，尋赤鬚，尋美髯，尋黑大漢，尋赤臉長鬚，大索城中，無則之郭、之村、之山僻、之鄰府州縣，用重價聘之，得三十六人。梁山泊好漢，個個呵活，臻臻至至，人馬稱娖而行，觀者兜截遮攔，直欲看殺衛玠。五雪叔歸自廣陵，多購法錦宮緞，從以臺閣者八：雷部六，大士一，龍宮一，華重美都，見者目奪氣亦奪。蓋自有臺閣，有其華無其重，有其美無其都，有其華重美都，無其思緻，無其文理。輕薄子有言：「不替他謙了也，事事精辦。」季祖南華老人喃喃怪問余曰：「《水滸》與禱雨有何義味近？余山盜起，迎盜何為耶？」余俯首思之，果誕而無謂，徐應之曰：「有之。」天罡盡以宿太尉殿焉。用大牌六：書『奉旨招安』者二，書『風調雨順』者一，『盜息民安』者一，更大書「及時雨」者二，前導之，觀者歡喜贊嘆，老人亦匿笑而去。

山艇子

龍山自巘花閣而西皆骨立，得其一節，亦盡名家。山艇子石，意尤孤孑，壁立霞剝，義不受土。大樟徙其上，石不容也，然不恨石屈而下，與石相親疏。石方廣三丈，右坳而凹，非竹則盡矣，何以淺深乎石。然竹怪甚，能孤行，實不藉石。竹節促而虯葉毿毿，如蝟毛、如松狗尾，離離矗矗，捎捩攢擠，若有所驚者。竹不可一世，不敢以竹二之。或曰：古今錯刀也。或曰：竹生石上，土膚淺，蝕其根，故輪囷盤鬱，如黃山上松。山艇子樟，始之石，中之竹，終之樓，意長樓不得竟其長，故艇之。然傷於貪，特特向石，石意反不之屬，使去丈而樓，壁出樟出，竹亦盡出。竹石間意，在以淡遠取之。

懸杪亭

余六歲隨先君子讀書於懸杪亭，記在一峭壁之下，木石撐距，不藉尺土，飛閣虛堂，延駢如櫛。緣崖而上，皆灌木高柯，與簷甃相錯。取杜審言「樹杪玉堂懸」句，名之「懸杪」。度索尋樟，大有奇緻。後仲叔廬其崖下，信堪輿家言，謂礙其龍脈，百計購之，一夜徙去，鞠為茂草。兒時怡寄，常夢寐尋往。

雷殿

雷殿在龍山磨盤岡下，錢武肅王於此建蓬萊閣，有斷碣在焉。殿前石臺高爽，喬木瀟疏。六月，月從南來，樹不蔽月。余每浴後拉秦一生、石田上人、平子輩坐臺上，乘涼風，攜餚核，飲香雪酒，剝雞豆，啜烏龍井水，水涼冽激齒。下午著人投西瓜浸之，夜剖食，寒栗逼人，可讎三伏。林中多鶻，聞人聲輒驚起，磔磔雲霄間，半日不得下。

龍山雪

天啟六年十二月，大雪深三尺許。晚霽，余登龍山，坐上城隍廟山門，李生、高眉生、王晥生、馬小卿、潘小妃侍。萬山載雪，明月薄之，月不能光，雪皆呆白。坐久清冽，蒼頭送酒至，余勉強舉大觥敵寒，酒氣冉冉，積雪欲之，竟不得醉。馬小卿唱曲，李生吹洞簫和之，聲為寒威所懾，咽澀不得出。三鼓歸寢。馬小卿、潘小妃相抱從百步街旋滾而下，直至山趾，浴雪而立。余坐一小羊頭車，拖冰凌而歸。

龐公池

龐公池歲不得船，況夜船，況看月而船。自余讀書山艇子，輒留小舟於池中，月夜，夜夜出，緣城至北海阪，往返可五里，盤旋其中。山後人家，閉門高臥，不見燈火，悄悄冥冥，意頗淒惻。余設涼簟，臥舟中看月，小傒船頭唱曲，醉夢相雜，聲聲漸遠，月亦漸淡，嗒然睡去。歌終忽寤，含糊讚之，尋復鼾齁。小傒亦呵欠歪斜，互相枕藉。舟子回船到岸，篙啄丁丁，促起就寢。此時胸中浩浩落落，並無芥蒂，一枕黑甜，高舂始起，不曉世間何物謂之憂愁。

品山堂魚宕

二十年前強半住眾香國，日進城市，夜必出之。品山堂孤松箕踞，岸幘入水。池廣三畝，蓮花起岸，蓮房以百以千，鮮磊可喜。新雨過，收葉上荷珠煮酒，香撲烈。門外魚宕，橫亙三百餘畝，多種菱芡。小菱如薑芽，輒採食之，嫩如蓮實，香似建蘭，無味可匹。深秋橘奴飽霜，非個個紅綻，不輕下剪。季冬觀魚，魚艓千餘艘，鱗次櫛比，罱者夾之，罛者扣之，籓者罨之，罺者撒之，罩者抑之，罜者舉之，水皆泥泛，濁如土漿。魚入網者圉圉，漏網者噞噞，寸鯇纖鱗，無不畢出。集舟分魚，魚稅三百餘斤，赤魄白肚，滿載而歸。約吾昆弟烹鮮劇飲，竟日方散。

松花石

松花石，大父舁自瀟江署中。石在江口神祠，土人割牲饗神，以毛血灑石上為恭敬，血漬毛毿，幾不見石。大父舁入署，親自祓濯，呼為「石丈」，有《松花石紀》。今棄階下，載花缸，不稱使。余嫌其輪囷臃腫，失松理，不若董文簡家茁錯二松橛，節理槎枒，皮斷猶附，視此更勝。大父石上磨崖銘之曰：「爾昔鬣而鼓兮，松也；爾今脫而骨兮，石也；爾形可使代兮，貞勿易也；爾視余笑兮，莫余逆也。」其見寶如此。

閏中秋

崇禎七年閏中秋，仿虎邱故事，會各友於蕺山亭。每友攜斗酒、五簋、十蔬果、紅氈一牀，席地鱗次坐。緣山七十餘牀，衰童塌妓，無席無之。在席七百餘人，能歌者百餘人，同聲唱

「澄湖萬頃」，聲如潮湧，山為雷動。諸酒徒轟飲，酒行如泉。夜深客饑，借戒珠寺齋僧大鍋煮飯飯客，長年以大桶擔飯不繼。命小傒竹、楚煙，於山亭演劇十餘齣，妙入情理，擁觀者千人，無蚊虻聲，四鼓方散。月光潑地如水，人在月中，濯濯如新出浴。夜半，白雲冉冉起腳下，前山俱失，香爐、鵝鼻、天柱諸峰，僅露髻尖而已，米家山雪景彷彿見之。

愚公谷

無錫去縣北五里為銘山。進橋，店在左岸，店精雅，賣泉酒、水罈、花缸、宜興罐、風爐、盆盎、泥人等貨。愚公谷在惠山右，屋半傾圮，惟存木石。惠水涓涓，繇井之澗，繇澗之谿，繇谿之池、之廚、之湢，以滌、以濯、以灌園、以沐浴、以淨溺器，無不惠山泉者，故居園者，福德與罪孽正等。愚公先生交遊遍天下，名公巨卿多就之，歌兒舞女、綺席華筵、詩文字畫，無不虛往實歸。名士清客至則留，留則款，款則餞，餞則贐。以故愚公之用錢如水，天下人至今稱之不少衰。愚公文人，其園亭實有思緻文理者為之，磥石為垣，編柴為戶，堂不層不廡，樹不配不行。堂之南，高槐古樸，樹皆合抱，茂葉繁柯，陰森滿院。藕花一塘，隔岸數石，亂而臥。土牆生苔，如山腳到澗邊，不記在人間。園東逼牆一臺，外瞰寺，老柳臥牆角而不讓臺，臺遂不盡瞰，與他園花樹故故為亭、臺意特特為園者不同。

定海水操

定海演武場在招寶山海岸。水操用大戰船、唬船、蒙衝鬥艦數千餘艘，雜以魚艓輕艣，來往如織。舳艫相隔，呼吸難通，以表語目，以鼓語耳，截擊要遮，尺寸不爽。健兒瞭望，猿蹲桅斗，哨見敵船，從斗上擲身騰空休水，破浪衝濤，頃刻到岸，走報中軍，又趵躍入水，輕如魚鳧。水操尤奇在夜戰，旌旗干櫓皆掛一小鐙，青布幕之，畫角一聲，萬蠟齊舉，火光映射，影又倍之。招寶山憑檻俯視，如烹斗煮星，釜湯正沸。火礮轟裂，如風雨晦冥中電光翕焱，使人不敢正視；又如雷斧斷崖石，下墜不測之淵，觀者褫魄。

阿育王寺舍利

阿育王寺，梵宇深靜，堦前老松八九棵，森羅有古色。殿隔山門遠，煙光樹樾，攝入山門，望空視明，冰涼晶沁。右旋至方丈門外，有娑羅二株，高插霄漢。便殿供栴檀佛，中儲一銅塔，銅色甚古，萬曆間慈聖皇太后所賜藏舍利子塔也。舍利子常放光，琉璃五采，百道迸裂，出塔縫中，歲三四見。凡人瞻禮舍利，隨人因緣現諸色相，如墨墨無所見者，是人必死。昔湛和尚至寺，亦不見舍利，而是年死。屢有驗。次早，日光初曙，僧導余禮佛，開銅塔，一紫檀佛龕供一小塔，如筆筒，六角，非木非楮，非皮非漆，上下定，四圍鏤刻花楞梵字。舍利子懸塔頂，下垂搖搖不定，人透眼光入楞內，復眡眼上視舍利，辨其形狀。余初見三珠連絡如牟尼串，煜煜有光。余復下頂禮，求見形相，再視之，見一白衣觀音小像，眉目分明，鬍鬘皆見。秦一生反覆視之，訖無所見，一生遑遽，面發赤，出涕而去。一生果以是年八月死，奇驗若此。

過劍門

南曲中，妓以串戲為韻事，性命以之。楊元、楊能、顧眉生、李十、董白以戲名。屬姚簡叔期余觀劇，傒僮下午唱《西樓》，夜則自串。傒僮為興化大班，余舊伶馬小卿、陸子雲在焉，加意唱七齣戲，至更定，曲中大咤異。楊元走鬼房問小卿曰：「今日戲，氣色大異，何也？」小卿曰：「坐上坐者余主人。主人精賞鑒，延師課戲，童手指千傒僮到其家謂『過劍門』，焉敢草草！」楊元始來物色余。《西樓》不及完，串《教子》。顧眉生：周羽，楊元：周娘子，楊能：周瑞隆。楊元膽怯膚栗，不能出聲，眼眼相覷，渠欲討好不能，余欲獻媚不得，持久之，伺便喝采一二，楊元始放膽，戲亦遂發。嗣後曲中戲，必以余為導師，余不至，雖夜分不開臺也。以余而長聲價，以余長聲價之人而後長余聲價者，多有之。

冰山記

魏璫敗，好事者作傳奇十數本，多失實，余為刪改之，仍名《冰山》。城隍廟揚臺，觀者數萬人，臺址鱗比，擠至大門外。一人上，白曰：「某楊漣。」□□譟曰：「楊漣！楊漣！」聲達外，如潮湧，人人皆如之。杖范元白，逼死裕妃，怒氣忿湧，噤斷嚄唶。至顏佩韋擊殺緹騎，嘄呼跳蹴，洶洶崩屋。沈青霞縛藁人射相嵩以為笑樂，不是過也。是秋，攜之至兗，為大人壽。一日，宴守道劉半舫，半舫曰：「此劇已十得八九，惜不及內操菊宴及逼靈犀與囊收數事耳。」余聞之，是夜席散，余填詞，督小傒強記之。次日，至道署搬演，已增入七齣，如半舫言。半舫大駴異，知余所構，遂詣大人，與余定交。

卷八

龍山放燈

萬曆辛丑年，父叔輩張燈龍山，剡木為架者百，塗以丹雘，帨以文錦，一燈三之。燈不專在架，亦不專在磴道，沿山襲谷，枝頭樹杪無不燈者，自城隍廟門至蓬萊崗上下，亦無不燈者。山下望如星河倒注，浴浴熊熊；又如隋煬帝夜遊，傾數斛螢火於山谷間，團結方開，倚草附木迷迷不去者。好事者賣酒，緣山席地坐。山無不燈，燈無不席，席無不人，人無不歌唱鼓吹。男女看燈者，一入廟門，頭不得顧，踵不得旋，祇可隨勢，潮上潮下，不知去落何所，有聽之而已。廟門懸禁條：禁車馬，禁煙火，禁喧嘩，禁豪家奴不得行辟人。父叔輩臺於大松樹下，亦席亦聲歌，每夜鼓吹笙簧與讌歌弦管，沈沈昧旦。十六夜，張分守宴織造太監於山巔星宿閣，傍晚至山下，見禁條，太監忙出輿笑曰：「遵他，遵他，自咱們遵他起！」卻隨役，用二丱角扶掖上山。夜半，星宿閣火罷，讌亦遂罷。燈凡四夜，山上下糟邱肉林，日掃果核蔗滓及魚肉骨蠡蛻，堆砌成高阜；拾婦女鞋掛樹上，如秋葉。相傳十五夜，燈殘人靜，當壚者政收盤核，有美婦六七人買酒，酒盡，有未開甕者。買大罍一，可四斗許，出袖中藏果，頃刻罄罍而去。疑是女人星，或曰酒星。又一事：有無賴子於城隍廟左借空樓數楹，以姣童實之，為簾子胡同。是夜，有美少年來狎某童，剪燭殢酒，媟褻非理，解襦，乃女子也，未曙即去，不知其地、其人，或是妖狐所化。

王月生

南京朱市妓，曲中羞與為伍；王月生出朱市，曲中上下三十年決無其比也。面色如建蘭初開，楚楚文弱，纖趾一牙，如出水紅菱，矜貴寡言笑，女兄弟閒客，多方狡獪，嘲弄咍侮，不能勾其一粲。善楷書，畫蘭竹水仙，亦解吳歌，不易出口。南京勳戚大老力致之，亦不能竟一席。富商權胥得其主席半晌，先一日送書帕，非十金則五金，不敢褻訂。與合巹，非下聘一二月前，則終歲不得也。好茶，善閔老子，雖大風雨、大宴會，必至老子家啜茶數壺始去。所交有當意者，亦期與老子家會。一日，老子鄰居有大賈，集曲中妓十數人，群誶嘻笑，環坐縱飲。月生立露臺上，倚徙欄楯，眂娗羞澀，群婢見之皆氣奪，徙他室避之。月生寒淡如孤梅冷月，含冰傲霜，不喜與俗子交接；或時對面同坐起，若無睹者。有公子狎之，同寢食者半月，不得其一言。一日，口囁嚅動，閒客驚喜，走報公子曰：「月生開言矣！」鬨然以為祥瑞，急走伺之，面赬，尋又止，公子力請再三，澀出二字曰：「家去。」

張東谷好酒

余家自太僕公稱豪飲，後竟失傳。余父余叔不能飲一蠡殼，食糟茄，面即發赬，家常宴會，但留心烹飪，庖廚之精，遂甲江左。一簋進，兄弟爭啖之立盡，飽即自去，終席未嘗舉杯。

有客在，不待客辭，亦即自去。山人張東谷，酒徒也，每悒悒不自得。一日，起謂家君曰：「爾兄弟奇矣！肉只是吃，不管好吃不好吃；酒只是不吃，不知會吃不會吃。」二語頗韻，有晉人風味。而近有傖父載之《舌華錄》，曰：「張氏兄弟賦性奇哉！肉不論美惡，只是吃；酒不論美惡，只是不吃。」字字板實，一去千里，世上真不少點金成鐵手也。東谷善滑稽，貧無立錐，與惡少訟，指東谷為萬金豪富，東谷忙忙走愬大父曰：「紹興人可惡，對半說謊，便說我是萬金豪富！」大父常舉以為笑。

樓船

家大人造樓，船之；造船，樓之。故里中人謂船樓，謂樓船，顛倒之不置。是日落成，為七月十五，自大父以下，男女老稚靡不集焉。以木排數重搭臺演戲，城中村落來觀者，大小千餘艘。午後颶風起，巨浪磅礴，大雨如注，樓船孤危，風逼之幾覆，以木排為戙索纜數千條，網網如織，風不能撼。少頃風定，完劇而散。越中舟如蠡殼，跼蹐篷底看山，如矮人觀場，僅見鞋靸而已，升高視明，頗為山水吐氣。

阮圓海戲

阮圓海家優，講關目，講情理，講筋節，與他班孟浪不同。然其所打院本，又皆主人自製，筆筆勾勒，苦心盡出，與他班鹵莽者又不同。故所搬演，本本出色，腳腳出色，齣齣出色，句句出色，字字出色。余在其家看《十錯認》、《摩尼珠》、《燕子箋》三劇，其串架鬥笋、插科打諢、意色眼目，主人細細與之講明。知其義味，知其指歸，故咬嚼吞吐，尋味不盡。至於《十錯認》之龍燈、之紫姑，《摩尼珠》之走解、之猴戲，《燕子箋》之飛燕、之舞象、之波斯進寶，紙札裝束，無不盡情刻畫，故其出色也愈甚。阮圓海大有才華，恨居心勿靜，其所編諸劇，罵世十七，解嘲十三，多詆毀東林，辯宥魏黨，為士君子所唾棄，故其傳奇不之著焉。如就戲論，則亦鏃鏃能新，不落窠臼者也。

巘花閣

巘花閣在筠芝亭松峽下，層崖古木，高出林皋，秋有紅葉。坡下支壑迴渦，石磴棱棱，與水相距。閣不檻、不牖，地不樓、不臺，意政不盡也。五雪叔歸自廣陵，一肚皮園亭，於此小試。臺之、亭之、廊之、棧道之，照面樓之，側又堂之、閣之、梅花纏折旋之，未免傷板、傷實、傷排擠，意反跼蹐，若石窟書硯。隔水看山、看閣、看石麓、看松峽上松，廬山面目，反於山外得之。五雪叔屬余作對，余曰：「身在襄陽袖石裡，家來輞口扇圖中。」言其小處。

范與蘭

范與蘭七十有三，好琴，喜種蘭及盆池小景。建蘭三十餘缸，大如簸箕。早舁而入，夜舁而出者，夏也；早舁而出，夜舁而入者，冬也。長年辛苦，不減農事。花時香出里外，客至坐一時，香襲衣裾，三五日不散。余至花期至其家，坐臥不去，香氣酷烈，逆鼻不敢嗅，第開口吞欱之，如沆瀣焉。花謝，糞之滿箕，余不忍棄，與與蘭謀曰：「有麵可煎，有蜜可浸，有火可焙，奈何不食之也？」與蘭首肯余言。與蘭少年學琴於王明泉，能彈《漢宮秋》、《山居吟》、《水龍吟》三曲。後見王本吾琴，大稱善，盡棄所學而學焉，半年學《石上流泉》一曲，生澀猶棘手。王本吾去，旋亦忘之，舊所學又銳意去之，不復能記憶，究竟終無一字，終日撫琴，但和絃而已。所畜小景，有豆板黃楊，枝幹蒼古奇妙，盆石稱之。朱樵峯以二十金售之，不肯易，與蘭珍愛，「小妾」呼之。余強借齋頭三月，枯其垂一幹，余懊惜，急舁歸與蘭。與蘭驚惶無措，煮參汁澆灌，日夜摩之不置，一月後枯幹復活。

蟹會

食品不加鹽醋而五味全者，為蚶、為河蟹。河蟹至十月與稻粱俱肥，殼如盤大，墳起，而紫螯巨如拳，小腳肉出，油油如螾蜒。掀其殼，膏膩堆積如玉脂珀屑，團結不散，甘腴雖八珍不及。一到十月，余與友人兄弟輩立蟹會，期於午後至，煮蟹食之，人六隻，恐冷腥，迭番煮之。從以肥臘鴨、牛乳酪。醉蚶如琥珀，以鴨汁煮白菜如玉版。果蓏以謝橘、以風栗、以風菱。飲以玉壺冰，蔬以兵坑筍，飯以新餘杭白，漱以蘭雪茶。繇今思之，真如天廚仙供，酒醉飯飽，慚愧慚愧。

露兄

崇禎癸酉，有好事者開茶館，泉實玉帶，茶實蘭雪，湯以旋煮，無老湯，器以時滌，無穢器，其火候、湯候，亦時有天合之者。余喜之，名其館曰「露兄」，取米顛「茶甘露有兄」句也。為之作〈鬥茶檄〉曰：「水淫茶癖，爰有古風；瑞草雪芽，素稱越絕。特以烹煮非法，向來葛竈生塵；更兼賞鑒無人，致使羽《經》積蠹。邇者擇有勝地，復舉湯盟，水符遞自玉泉，茗戰爭來蘭雪。瓜子炒豆，何須瑞草橋邊；橘柚查梨，出自仲山圃內。八功德水，無過甘滑香潔清涼；七家常事，不管柴米油鹽醬醋。一日何可少此，子猷竹庶可齊名；七碗吃不得了，盧仝茶不算知味。一壺揮麈，用暢清談；半榻焚香，共期白醉。」

閏元宵

崇禎庚辰閏正月，與越中父老約重張五夜燈，余作張燈致語曰：「兩逢元正，歲成閏於攝提之辰；再值孟陬，天假人以閒暇之月。《春秋傳》詳記二百四十二年事，春王正月，孔子未得重書；開封府更放十七、十八兩夜燈，乾德五年，宋祖猶煩欽賜。茲閏正月者，三生奇遇，何幸今日而當場；百歲難逢，須效古人而秉燭。況吾大越，蓬萊福地，宛委洞天。大江以東，民皆安堵；遵海而北，水不揚波。含哺嬉兮，共樂太平之世界；重譯至者，皆言中國有聖人。千百國來朝，白雉之陳無算；十三年於茲，黃耇之說有徵。樂聖銜杯，宜縱飲屠蘇之酒；較書分火，應暫輟太乙之藜。前此元宵，竟因雪妬，天亦知點綴豐年；後來燈夕，欲與月期，人不可蹉跎勝事。六鰲山立，祇說飛來東武，使雞犬不驚；百獸室懸，毋曰下守海澨，唯魚鼈是見。笙簫聒地，竹椽出自柯亭；花草盈街，禊帖攜來蘭渚。士女潮湧，撼動蠡城；車馬雷殷，喚醒龍嶼。況時逢豐穰，呼庚呼癸，一歲自兆重登；且科際辰年，為龍為光，兩榜必徵雙首。莫輕此五夜之樂，眼望何時？試問那百年之人，躬逢幾次？敢祈同志，勿負良宵。敬藉赫蹏，喧傳口號。」

合采牌

余作文武牌，以紙易骨，便於角鬥，而燕客復刻一牌，集天下之鬥虎、鬥鷹、鬥豹者，而多其色目、多其采，曰「合采牌」。余為之作敘曰：「太史公曰：『凡編戶之民，富相什則卑下之，伯則畏憚之，千則役，萬則僕，物之理也。』古人以錢之名不雅馴，縉紳先生難道之，故易其名曰賦、曰祿、曰餉，天子千里外曰采。采者，采其美物以為貢，猶賦也。諸侯在天子之縣內曰采，有地以處其子孫亦曰采，名不一，其實皆穀也，飯食之謂也。周封建多采則勝，秦無采則亡。采在下無以合之，則齊桓、晉文起矣。列國有采而分析之，則主父偃之謀也。繇是而亮采服采，好官不過多得采耳。充類至義之盡，竊亦采也，盜亦采也，鷹虎豹繇此其選也。然則奚為而不禁？曰：小役大，弱役強，斯二者天也。《皋陶謨》曰：『載采采』，微哉、之哉、庶哉！」

瑞草谿亭

瑞草谿亭為龍山支麓，高與屋等。燕客相其下有奇石，身執虆臿，為匠石先發掘之。見土輂土，見石甃石，去三丈許，始與基平，乃就其上建屋。屋今日成，明日拆，後日又成，再後日又拆，凡十七變而谿亭始出。蓋此地無谿也，而谿之，谿之不足，又瀦之、壑之，一日鳩工數千指，索性池之，索性闊一畝，索性深八尺。無水，挑水貯之，中留一石如案，迴瀦浮巒，頗亦有致。燕客以山石新開，意不蒼古，乃用馬糞塗之，使長苔蘚，苔蘚不得即出，又呼畫工以石青、石綠皴之。一日左右視，謂此石案，焉可無天目松數棵盤鬱其上，遂以重價購天目松五六棵，鑿石種之。石不受鍤，石崩裂，不石不樹，亦不復案，燕客怒，連夜鑿成硯山形，缺一角，又葺一礐石補之。燕客性卞急，種樹不得大，移大樹種之，移種而死，又尋大樹補之。種不死不已，死亦種不已，以故樹不得不死，然亦不得即死。谿亭比舊址低四丈，運土至東，多成高山，一畝之室，滄桑忽變。見其一室成，必多坐看之，至隔宿或即無有矣。故谿亭雖渺小，所費至巨萬焉。燕客看小說：「姚崇夢遊地獄，至一大廠，鑪鞴千副，惡鬼數千，鑄瀉甚急，問之，曰：『為燕國公鑄橫財。』後至一處，爐竈冷落，疲鬼一二人，鼓橐奄奄無力，崇問之，曰：『此相公財庫也。』崇寤而嘆曰：『燕公豪奢，殆天縱也！』」燕客喜其事，遂號「燕客」。二叔業四五萬，燕客緣手立盡。甲申，二叔客死淮安，燕客奔喪，所積薪俸及玩好幣帛之類又二萬許，燕客攜歸，甫三月又輒盡，時人比之魚宏四盡焉。谿亭住宅，一頭造，一頭改，一頭賣，翻山倒水無虛日。有夏耳金者，製燈剪綵為花亦無虛日。人稱耳金為「敗落隋煬帝」，稱燕客為「窮極秦始皇」，可發一粲。

瑯嬛福地

陶庵夢有宿因，常夢至一石厂，峆窅巖覆，前有急湍迴溪，水落如雪，松石奇古，雜以名花。夢坐其中，童子進茗果，積書滿架，開卷視之，多蝌蚪、鳥跡、霹靂篆文，夢中讀之，似能通其棘澀。閒居無事，夜輒夢之，醒後佇思，欲得一勝地彷彿為之。郊外有一小山，石骨棱礪，上多筠篁，偃伏園內。余欲造廠，堂東西向，前後軒之，後磥一石坪，植黃山松數棵，奇石峽之。堂前樹娑羅二，資其清樾。左附虛室，坐對山麓，磴磴齒齒，劃裂如試劍，匾曰「一邱」。右踞廠閣三間，前臨大沼，秋水明瑟，深柳讀書，匾曰「一壑」。緣山以北，精舍小房，絀屈蜿蜒，有古木，有層崖，有小澗，有幽篁，節節有緻。山盡有佳穴，造生壙，俟陶庵蛻焉，碑曰「有明陶庵張長公之壙」。壙左有空地畝許，架一草庵，供佛，供陶庵像，迎僧住之奉香火。大沼闊十畝許，沼外小河三四摺，可納舟入沼。河兩崖皆高阜，可植果木，以橘、以梅、以梨、以棗，枸菊圍之。山頂可亭。山之西鄙，有腴田二十畝，可秫、可粳。門臨大河，小樓翼之，可看爐峯、敬亭諸山。樓下門之，匾曰「瑯嬛福地」。緣河北走，有石橋極古樸，上有灌木，可坐、可風、可月。

陶庵夢憶補

魯王

福王南渡，魯王播遷至越，以先父相魯先王，幸舊臣第；岱接駕，無所考儀注，以意為之。踏腳四扇，氍毹借之，高廳事尺，設御座，席七重，備山海之供。魯王至，冠翼善，玄色蟒袍，玉帶，朱玉綬，觀者雜遝，前後左右用梯、用臺、用凳，環立看之，幾不能步，剩御前數武而已。傳旨：「勿辟人。」岱進，行君臣禮，獻茶畢，安茶再行禮。不送杯箸，示不敢為主也。趨侍坐，書堂官三人執銀壺二，一斟酒，一折酒，一舉杯，跪進上。膳一肉簋，一湯盞，盞上用銀蓋蓋之，一麵食，用三黃絹籠罩，三臧獲捧盤加額，跪獻之。書堂官捧進御前，湯點七進，隊舞七回，鼓吹七次，存七奏意。是日，演《賣油郎》傳奇，內有泥馬渡康王故事，與時事巧合，睿顏大喜。二鼓轉席，臨不二齋、梅花書屋，坐木猶龍，臥岱書榻，劇談移時，出登席，設二席於御坐傍，命岱與陳洪綬侍飲，諧謔歡笑如平交。睿量宏，已進酒半斗矣，大犀觥一氣盡，陳洪綬不勝飲，嘔噦御座旁。尋設一小几，命洪綬書箑，醉捉筆不起，止之。劇完，饒戲十餘齣，起駕轉席。後又進酒半斗，睿顏微酡，進輦，兩書堂官掖之，不能步。岱送至閶外，命書堂官再傳旨曰：「爺今日大喜，爺今日喜極！」君臣歡洽，脫略至此，真屬異數。

蘇州白兔

崇禎戊寅，至蘇州，見白兔，異之。及抵武林，金知縣汝礪宦福建，攜白兔二十餘隻歸。己卯、庚辰，杭州遍城市皆白兔，越中生育至百、至千，此獸妖也。余少時不識煙草為何物，十年之內，老壯童稚婦人女子無不吃煙，大街小巷盡擺煙桌，此草妖也。婦人不知何故，一年之內都著對襟衫，戴昭君套，此服妖也。庚辰冬底，燕客家琴磚十餘塊，結冰花如牡丹、芍藥花瓣，枝葉如繡、如繪，間有人物、鳥獸，奇形怪狀，十餘磚，底面皆滿。燕客迎余看，至三日不消，此冰妖也。燕客誤認為祥瑞，作〈冰花賦〉，檄友人作詩詠之。

草妖

河北觀察使袁茂林楷所記草妖尤異：崇禎七年七月初一，孟縣民孫光顯，祖墓有野葡萄，草蔓延長丈許。今夏，枝椏間忽抽新條，有似美人者，似達官者，有似龍、似鳳、似麟、似龜、似雀、似魚、似蟬、似蛇、似孔雀，有似鼠伏於枝者，有似鸚鵡棲於架者，架上有盞，盞中有粒，鳳則苞羽具五彩，美人上下衣裳，裳白衣黃，面上依稀似粉黛，人間物象，種種具備。七月初八日，地方人始報聞，急使人取之，已為好事者擷盡，止得美人一、鸚鵡一、鳳一，故述此三物尤悉。余謂此草木之妖。適晤史雲岫，言漢靈帝中平元年，東郡有草如鳩、雀、蛇、龍、鳥獸之狀。若然，則余所臆度者更可杞憂。此異宜上聞，縣令以萎草不耐，恐取觀不便，遂寢其事。特為記之如左。

祁世培

乙酉秋九月，余見時事日非，辭魯國王，隱居剡中，方磐石遣禮幣，聘余出山，商確軍務，檄縣官上門敦促。余不得已，於丙戌正月十一日，道北山，逾唐園嶺，宿平水韓店。余適疽發於背，痛楚呻吟，倚枕假寐。見青衣持一刺示余，曰：「祁彪佳拜！」余驚起，見世培排闥入，白衣冠，余肅入，坐定。余夢中知其已死，曰：「世培盡忠報國，為吾輩生色。」世培微笑，遽言曰：「宗老此時不埋名屏跡，出山何為耶？」余曰：「余欲輔魯監國耳。」因言其如此如此，已有成算。世培笑曰：「爾要做誰許爾做，且強爾出無他意，十日內有人勒爾助餉。」余曰：「方磐石誠心邀余共事，應不我欺。」世培曰：「爾自知之矣。天下事此，已不可為矣。爾試觀天象。」拉余起，下階西南望，見大小星墮落如雨，崩裂有聲。世培曰：「天數如此，奈何！奈何！宗老，爾速還山，隨爾高手，到後來只好下我這著！」起，出門附耳曰：「完《石匱書》。」灑然竟起。余但聞犬聲如豹，驚寤，汗浴背，門外犬吠嘷嘷，與夢中聲接續。蹴兒子起，語之。次日抵家，閱十日，鑣兒被縛去，果有逼勒助餉之事。忠魂之篤，而靈也如此。

伍跋

右《陶庵夢憶》八卷，明張岱撰。按，岱字宗子，山陰人。考邵廷采《思復堂集・明遺民傳》，稱其嘗輯明一代遺事為《石匱藏書》，谷應泰作《紀事本末》以五百金購請，慨然予之。又稱明季稗史罕見全書，惟談遷編年、張岱列傳具有本末，應泰並采之以成《紀事》。則《明史紀事本末》固多得自宗子《石匱藏書》暨列傳也。阮文達《國朝文苑傳稿》略同。是編刻於秀水金忠淳《研雲甲編》，殆非足本。序不知何人所作，略具生平而亦作一卷，豈即忠淳筆歟？乾隆甲寅，仁和王文誥謂從王竹坡、姚春漪得傳鈔足本，實八卷，刻焉。顧每條俱綴「純生氏曰」云云，純生殆文誥字也。又每卷直題文誥編，恐無此體。茲概從芟薙，特重刻焉。昔孟元老撰《夢華錄》，吳自牧撰《夢粱錄》，均於地老天荒滄桑而後，不勝身世之感，茲編實與之同。雖間涉遊戲三昧，而奇情壯采，議論風生，筆墨橫姿，幾令讀者心目俱眩，亦異才也。考《明詩綜》沈邃伯敬禮《南都奉先殿紀事》詩「高后配在天，御幄神所棲。眾妃位東序，一妃獨在西。成祖重所生，嬪德莫敢齊」云云，《靜志居詩話》「長陵每自稱曰：朕高皇后第四子也。然奉先廟制：高后南向，諸妃盡東列，西序惟碽妃一人。蓋高后從未懷妊，豈惟長陵，即懿文大子亦非后生也。世疑此事不實，誦沈詩斯明徵矣」云云，茲編《鍾山》一條即記其事，殆可補史乘之缺。又，王貽上《分甘餘話》「柳敬亭善說平話，流寓江南，一二名卿遺老左袒良玉者，賦詩張之，且為作傳，余曾識於金陵，試其技與市井之輩無異」云云，而是編《柳敬亭說書》一條，稱其「疾徐輕重，吞吐抑揚，入情入理」，亦見其持論之平也。咸豐壬子展重陽日，南海伍崇曜謹跋。

《西湖夢尋》

自序

余生不辰，闊別西湖二十八載，然西湖無日不入吾夢中，而夢中之西湖，未嘗一日別余也。前甲午、丁酉，兩至西湖，如湧金門商氏之樓外樓，祁氏之偶居，錢氏、余氏之別墅，及余家之寄園，一帶湖莊，僅存瓦礫。則是余夢中所有者，反為西湖所無。及至斷橋一望，凡昔日之弱柳夭桃、歌樓舞榭，如洪水淹沒，百不存一矣。余乃急急走避，謂余為西湖而來，今所見若此，反不若保我夢中之西湖，尚得完全無恙也。因想余夢與李供奉異。供奉之夢天姥也，如神女名姝，夢所未見，其夢也幻。余之夢西湖也，如家園眷屬，夢所故有，其夢也真。今余僦居他氏已二十三載，夢中猶在故居。舊役小傒，今已白頭，夢中仍是總角。夙習未除，故態難脫。而今而後，余但向蝶庵岑寂，蘧榻於徐，惟吾舊夢是保，一派西湖景色，猶端然未動也。兒曹詰問，偶為言之，總是夢中說夢，非魘即囈也。因作《夢尋》七十二則，留之後世，以作西湖之影。余猶山中人，歸自海上，盛稱海錯之美，鄉人競來共舐其眼。嗟嗟！金齏瑤柱，過舌即空，則舐眼亦何救其饞哉！

歲辛亥七月既望

古劍蝶庵老人張岱題

卷一

西湖總記

明聖二湖

自馬臻開鑒湖，而由漢及唐，得名最早。後至北宋，西湖起而奪之，人皆奔走西湖，而鑒湖之淡遠，自不及西湖之冶豔矣。至於湘湖則僻處蕭然，舟車罕至，故韻士高人無有齒及之者。余弟毅孺常比西湖為美人，湘湖為隱士，鑒湖為神仙。余不謂然。余以湘湖為處子，眡娗羞澀，猶及見其未嫁之時；而鑒湖為名門閨淑，可欽而不可狎；若西湖則為曲中名妓，聲色俱麗，然倚門獻笑，人人得而媟褻之矣。人人得而媟褻，故人人得而豔羡；人人得而豔羡，故人人得而輕慢。

在春夏則熱鬧之至，秋冬則冷落矣；在花朝則喧哄之至，月夕則星散矣；在晴明則萍聚之至，雨雪則寂寥矣。故余嘗謂：「善讀書，無過董遇三餘，而善遊湖者，亦無過董遇三餘。董遇曰：『冬者，歲之餘也；夜者，日之餘也；雨者，月之餘也。』雪巘古梅，何遜煙堤高柳；夜月空明，何遜朝花綽約；雨色涳濛，何遜晴光灩瀲。深情領略，是在解人。」即湖上四賢，余亦謂：「樂天之曠達，固不若和靖之靜深；鄴侯之荒誕，自不若東坡之靈敏也。」其餘如賈似道之豪奢，孫東瀛之華贍，雖在西湖數十年，用錢數十萬，其於西湖之性情、西湖之風味，實有未曾夢見者在也。世間措大，何得易言遊湖。

蘇軾〈夜泛西湖〉詩：

菰蒲無邊水茫茫，荷花夜開風露香。
漸見燈明出遠寺，更待月黑看湖光。

又〈湖上夜歸〉詩：

我飲不盡器，半酣尤味長。籃輿湖上歸，春風吹面涼。
行到孤山西，夜色已蒼蒼。清吟雜夢寐，得句旋已忘。
尚記梨花村，依依聞暗香。

又〈懷西湖寄晁美叔〉詩：

西湖天下景，遊者無愚賢。深淺隨所得，誰能識其全。
嗟我本狂直，早為世所捐。獨專山水樂，付與寧非天。

三百六十寺，幽尋遂窮年。所至得其妙，心知口難傳。
至今清夜夢，耳目餘芳鮮。君持使者節，風采爍雲煙。
清流與碧巘，安肯為君妍。胡不屏騎從，暫借僧榻眠。
讀我壁間詩，清涼洗煩煎。策杖無道路，直造意所使。
應逢古漁父，葦間自夤緣。問道若有得，買魚弗論錢。

李奎〈西湖〉詩：

錦帳開桃岸，蘭橈繫柳津。鳥歌如勸酒，花笑欲留人。
鐘磬千山夕，樓臺十里春。回看香霧裡，羅綺六橋新。

蘇軾〈開西湖〉詩：

偉人謀議不求多，事定紛紜自唯阿。
盡放龜魚還綠淨，肯容蕭葦障前坡。
一朝美事誰能繼，百尺蒼崖尚可磨。
天上列星當亦喜，月明時下浴金波。

周立勳〈西湖〉詩：

平湖初漲綠如天，荒草無情不記年。
猶有當時歌舞地，西泠煙雨麗人船。

夏煒〈西湖竹枝詞〉：

四面空波捲笑聲，湖光今日最分明。
舟人莫定游何外，但望鴛鴦睡處行。
平湖竟日只溟濛，不信韶光只此中。
笑拾楊花裝半臂，恐郎到晚怯春風。
行觴次第到湖灣，不許鶯花半刻閒。
眼看誰家金絡馬，日駝春色向孤山。
春波四合沒晴沙，晝在湖船夜在家。
怪殺春風歸不斷，擔頭原自插梅花。

歐陽修〈西湖〉詩：

菡萏香消畫舸浮，使君寧復憶揚州。
都將二十四橋月，換得西湖十頃秋。

趙子昂〈西湖〉詩：

春陰柳絮不能飛，兩足蒲芽綠更肥。
只恐前呵驚白鷺，獨騎款段繞湖歸。

袁宏道〈西湖總評〉詩：

龍井饒甘泉，飛來富石骨。蘇橋十里風，勝果一天月。
錢祠無佳處，一片好石碣。孤山舊亭子，涼蔭滿林樾。
一年一桃花，一歲一白髮。南高看雲生，北高見日沒。
楚人無羽毛，能得幾遊越。

范景文〈西湖〉詩：

湖邊多少遊觀者，半在斷橋煙雨間。
盡逐春風看歌舞，凡人著眼看青山。

張岱〈西湖〉詩：

追想西湖始，何緣得此名。恍逢西子面，大服古人評。
冶豔山川合，風姿煙雨生。奈何呼不已，一往有深情。
一望煙光裡，蒼茫不可尋。吾鄉爭道上，此地說湖心。
潑墨米顛畫，移情伯子琴。南華秋水意，千古有人欽。
到岸人心去，月來不看湖。漁燈隔水見，堤樹帶煙模。
真意言詞盡，淡妝脂粉無。問誰能領略，此際有髯蘇。

又〈西湖十景〉詩：

一峰一高人，兩人相與語。此地有西湖，勾留不肯去。（兩峰插雲）
湖氣冷如冰，月光淡於雪。肯棄與三潭，杭人不看月。（三潭印月）

高柳蔭長堤，疏疏漏殘月。蹩躠步鬆沙，恍疑是踏雪。（斷橋殘雪）
夜氣滃南屏，輕嵐薄如紙。鐘聲出上方，夜渡空江水。（南屏晚鐘）
煙柳幕桃花，紅玉沉秋水。文弱不勝夜，西施剛睡起。（蘇堤春曉）
頰上帶微酡，解頤開笑口。何物醉荷花，暖風原似酒。（曲院風荷）
深柳叫黃鸝，清音入空翠。若果有詩腸，不應比鼓吹。（柳浪聞鶯）
殘塔臨湖岸，頹然一醉翁。奇情在瓦礫，何必藉人工。（雷峰夕照）
秋空見皓月，冷氣入林皋。靜聽孤飛雁，聲輕天正高。（平湖秋月）
深恨放生池，無端造魚獄。今來花港中，肯受人拘束？（花港觀魚）

柳耆卿〈望海潮〉詞：

東南形勝，三吳都會，錢塘自古繁華。煙柳畫橋，風簾翠幕，參差十萬人家。雲樹繞堤沙。怒濤捲霜雪，天塹無涯。市列珠璣，戶盈羅綺，競豪奢。　重湖疊巘清佳，有三秋桂子，十里荷花。羌管弄晴，菱歌泛夜，嬉嬉釣叟蓮娃。千騎擁高牙。乘醉聽簫鼓，吟賞煙霞。異日圖將好景，歸去鳳池誇。（金主閱此詞，慕西湖勝景，遂起投鞭渡江之思。）

于國寶〈風入松〉詞：

一春常費買花錢，日日醉湖邊。玉驄慣識西湖路，驕嘶過、沽酒樓前。紅杏香中簫鼓，綠楊影裡鞦韆。

暖風十里麗人天，花壓鬢雲偏。畫船載得春歸去，餘情付、湖水湖煙。明日重扶殘醉，來尋陌上花鈿。

西湖北路

玉蓮亭

白樂天守杭州，政平訟簡。貧民有犯法者，於西湖種樹幾株；富民有贖罪者，令於西湖開葑田數畝。歷任多年，湖葑盡拓，樹木成蔭。樂天每於此地，載妓看山，尋花問柳。居民設像祀之。亭臨湖岸，多種青蓮，以象公之潔白。右折而北，為纜舟亭，樓船鱗集，高柳長堤。遊人至此買舫入湖者，喧闐如市。東去為玉鳧園，湖水一角，僻處城阿，舟楫罕到。寓西湖者，欲避囂雜，莫於此地為宜。園中有樓，倚窗南望，沙際水明，常見浴鳧數百出沒波心，此景幽絕。

白居易〈玉蓮亭〉詩：

湖上春來似畫圖，亂峰圍繞水平鋪。
松排山面千層翠，月照波心一點珠。
碧毯綠頭抽早麥，青羅裙帶展新蒲。
未能拋得杭州去，一半勾留是此湖。

孤山寺北賈亭西，水面初平雲腳低。
幾處早鶯爭暖谷，誰家新燕啄春泥。
亂花漸欲迷人眼，淺草猶能沒馬蹄。
最愛湖東行不足，綠楊深裡白沙堤。

昭慶寺

昭慶寺，自獅子峰、屯霞石發脈，堪輿家謂之火龍。石晉元年始創，燬於錢氏乾德五年。宋太平興國元年重建，立戒壇。天禧初，改名昭慶。是歲又火。迨明洪武至成化，凡修而火者再。四年奉敕再建，廉訪楊繼宗監修。有湖州富民應募，輦萬金來。殿宇室廬，頗極壯麗。嘉靖三十四年以倭亂，恐賊據為巢，遽火之。事平再造，遂用堪輿家說，闢除民舍，使寺門見水，以厭火災。隆慶三年復燬。萬曆十七年，司禮監太監孫隆以織造助建，懸幢列鼎，絕盛一時。而兩廡櫛比，皆市廛精肆，奇貨可居。春時有香市，與南海、天竺、山東香客及鄉村婦女兒童，往來交易，人聲嘈雜，舌敝耳聾，抵夏方止。崇禎十三年又火，煙焰障天，湖水為赤。及至清初，踵事增華，戒壇整肅，較之前代，尤更莊嚴。

一說建寺時，為錢武肅王八十大壽，寺僧圓淨訂緇流古樸、天香、勝蓮、勝林、慈受、慈雲等，結蓮社，誦經放生，為王祝壽。每月朔，登壇設戒，居民行香禮佛，以昭王之功德，因名昭慶。今以古德諸號，即為房名。

袁宏道〈昭慶寺小記〉：

從武林門而西，望保俶塔，突兀層崖中，則已心飛湖上也。午刻入昭慶，茶畢，即掉小舟入湖。山色如娥，花光如頰，溫風如酒，波紋如綾，才一舉頭，已不覺目酣神醉。此時欲下一語描寫不得，大約如東阿王夢中初遇洛神時也。余游西湖始此，時萬曆丁酉二月十四日也。晚同子公渡淨寺，覓小修舊住僧房。取道由六橋、岳墳歸。草草領略，未極遍賞。閱數日，陶周望兄弟至。

張岱〈西湖香市記〉：

西湖香市，起于花朝，盡于端午。山東進香普陀者日至，嘉湖進香天竺者日至，至則與湖之人市焉，故曰香市。然進香之人市于三天竺，市于岳王墳，市于湖心亭，市于陸宣公祠，無不市，而獨湊集于昭慶寺。昭慶寺兩廊故無日不市者，三代八朝之古董，蠻夷閩貊之珍異，皆集焉。至香市，則殿中邊甬道上下、池左右、山門內外，有屋則攤，無屋則廠，廠外又棚，棚外又攤，節節寸寸。凡橰霜簪珥、牙尺剪刀，以至經典木魚、伢兒嬉具之類，無不集。此時春暖，桃柳明媚，鼓吹清和，岸無留船，寓無留客，肆無留釀。袁石公所謂「山色如娥，花光如頰，溫風如酒，波紋如綾」，已畫出西湖三月。而此以香客雜來，光景又別。士女閒都，不勝其村妝野婦之喬畫；芳蘭薌澤，不勝其合香芫荽之薰蒸；絲竹管弦，不勝其搖鼓欱笙之聒帳；鼎彝光怪，不勝其泥人竹馬之行情；宋元名畫，不勝其湖景佛圖之紙貴。如逃如逐，如奔如追，撩撲不開，牽挽不住。數百十萬男男女女、老老少少，日簇擁於寺之前後左右者，凡四閱月方罷。恐大江以東，斷無此二地矣。崇禎庚辰三月，昭慶寺火。是歲及辛巳、壬午洊饑，民強半餓死。壬午虜鯁山東，香客斷絕，無有至者，市遂廢。辛巳夏，余在西湖，但見城中餓殍舁出，扛撓相屬。時杭州劉太守夢謙，汴梁人，鄉里抽豐者多寓西湖，日以民詞餽送。有輕薄子改古詩誚之曰：「山不青山樓不樓，西湖歌舞一時休。暖風吹得死人臭，還把杭州送汴州。」可作西湖實錄。

哇哇宕

哇哇石在棋盤山上。昭慶寺後，有石池深不可測，峭壁橫空，方圓可三四畝，空谷相傳，聲喚聲應，如小兒啼焉。上有棋盤石，聳立山頂。其下烈士祠，為朱躍、金勝、祝威諸人，皆宋時死金人難者，以其生前有護衛百姓功，故至今祀之。

屠隆〈哇哇宕〉詩：

昭慶莊嚴畫佛圖，如何空谷有呱呱。
千兒乳墜成賢劫，五覺聲聞報給孤。
流出桃花緣古宕，飛來怪石入冰壺。
隱身巖下傳消息，任爾臨崖動地呼。

大佛頭

大石佛寺，考舊史，秦始皇東游入海，纜舟于此石上。後因賈平章住裡湖葛嶺，宋大內在鳳凰山，相去二十餘里，平章聞朝鐘響，即下湖船，不用篙楫，用大錦纜絞動盤車，則舟去如駛，大佛頭，其繫纜石樁也。平章敗，後人鐫為半身佛像，飾以黃金，構殿覆之，名大石佛院。

至元末燬。明永樂間，僧志琳重建，敕賜大佛禪寺。賈秋壑為誤國奸人，其於山水書畫古董，凡經其鑒賞，無不精妙。所製錦纜，亦自可人。一日臨安失火，賈方在半閒堂鬥蟋蟀，報者絡繹，賈殊不顧，但曰：「至太廟則報。」俄而，報者曰：「火直至太廟矣！」賈從小肩輿，四力士以椎劍護，舁輿人里許即易，倏忽至火所，下令肅然，不過曰：「焚太廟者，斬殿帥。」於是帥率勇士數十人，飛身上屋，一時撲滅。賈雖奸雄，威令必行，亦有快人處。

張岱〈大石佛院〉詩：

余少愛嬉遊，名山恣探討。泰嶽既峗峨，補陀復杳渺。
天竺放光明，齊雲集百鳥。活佛與靈神，金身皆藐小。
自到南明山，石佛出雲表。食指及拇指，七尺猶未了。
寶石更特殊，當年石工巧。礱石數丈高，止塑一頭腦。
量其半截腰，丈六猶嫌少。問佛凡許長，人天不能曉。
但見往來人，盤旋如虱蚤。而我獨不然，參禪已到老。
入地而摩天，何在非佛道。色相求如來，巨細皆心造。
我視大佛頭，仍然一莖草。

甄龍友〈西湖大佛頭贊〉：

色如黃金，面如滿月。盡大地人，只見一橛。

保俶塔

寶石山高六十三丈，周一十三里。錢武肅王封壽星寶石山，羅隱為之記。其絕頂為寶峰，有保俶塔，一名寶所塔，蓋保俶塔也。宋太平興國元年，吳越王俶，聞唐亡而懼，乃與妻孫氏、子惟濬、孫承祐入朝，恐其被留，許造塔以保之。稱名，尊天子也。至都，賜禮賢宅以居，賞賚甚厚。留兩月遣還，賜一黃袱，封識甚固，戒曰：「途中宜密觀。」及啟之，則皆群臣乞留俶章疏也，俶甚感懼。既歸，造塔以報佛恩。保俶之名，遂誤為保叔。不知者遂有「保叔緣何不保夫」之句。俶為人敬慎，放歸後，每視事，徙坐東偏，謂左右曰：「西北者，神京在焉，天威不違顏咫尺，俶敢寧居乎！」每修省入貢，焚香而後遣之。未幾，以地歸宋，封俶為淮海國王。其塔，元至正末燬，僧慧炬重建。明成化間又燬，正德九年僧文鏞再建。嘉靖元年又燬，二十二年僧永固再建。隆慶三年大風折其頂，塔亦漸圮，萬曆二十二年重修。其地有壽星石、屯霞石。去寺百步，有看松臺，俯臨巨壑，凌駕松抄，看者驚悸。塔下石壁孤峭，緣壁有精廬四五間，為天然圖畫閣。

黃久文〈冬日登保俶塔〉詩：

當峰一塔微，落木淨煙浦。日寒山影瘦，霜泐石棱苦。
山雲自悠然，來者適為主。與子欲談心，松風代吾語。

夏公謹〈保俶塔〉詩：

客到西湖上，春遊尚及時。石門深歷險，山閣靜憑危。
午寺鳴鐘亂，風潮去舫遲。清樽歡不極，醉筆更題詩。

錢思復〈保俶塔〉詩：

金刹天開畫，鐵簷風語鈴。野雲秋共白，江樹晚逾青。
鑿屋巖藏雨，黏崖石墜星。下看湖上客，歌吹正沉冥。

瑪瑙寺

瑪瑙坡在保俶塔西，碎石文瑩，質若瑪瑙，土人采之，以鐫圖篆。晉時遂建瑪瑙寶勝院，元末燬，明永樂間重建。有僧芳洲僕夫藝竹得泉，遂名僕夫泉。山巔有閣，凌空特起，憑眺最勝，俗稱瑪瑙山居。寺中有大鐘，侈弇齊適，舒而遠聞，上鑄《蓮經》七卷，《金剛經》三十二分。晝夜十二時，保六僧撞之。每撞一聲，則《法華》七卷、《金剛》三十二分，字字皆聲。吾想法夜聞鐘，起人道念，一至旦晝，無不牿亡。今於平明白晝時聽鐘聲，猛為提醒，大地山河，都為震動，則鏗鍧一響，是竟《法華》一轉、《般若》一轉矣。內典云：人間鐘鳴未歇際，地獄眾生刑具暫脫此間也。鼎革以後，恐寺僧惰慢，不克如前。

張岱〈瑪瑙寺長鳴鐘〉詩：

女媧煉石如煉銅，鑄出梵王千斛鐘。
僕夫泉清洗刷早，半是頑銅半瑪瑙。
錘金琢玉昆吾刀，盤旋鐘紐走蒲牢。
十萬八千《法華》字，《金剛般若》居其次。
貝葉靈文滿背腹，一聲撞破蓮花獄。
萬鬼桁楊暫脫離，不愁漏盡啼荒雞。
晝夜百刻三千杵，菩薩慈悲淚如雨。
森羅殿前免刑戮，惡鬼猙獰齊退役。
一擊淵淵大地驚，青蓮字字有潮音。
特為眾生解冤結，共聽毗盧廣長舌。

敢言佛說盡荒唐，勞我闍黎日夜忙。
安得成湯開一面，吉網羅鉗都不見。

智果寺

智果寺，舊在孤山，錢武肅王建。宋紹興間，造四聖觀，徙於大佛寺西。先是東坡守黃州，於潛僧道潛，號參寥子，自吳來訪，東坡夢與賦詩，有「寒食清明都過了，石泉槐火一時新」之句。後七年，東坡守杭，參寥卜居智果，有泉出石罅間。寒食之明日，東坡來訪，參寥汲泉煮茗，適符所夢。東坡四顧壇壝，謂參寥曰：「某生平未嘗至此，而眼界所視，皆若素所經歷者。自此上懺堂，當有九十三級。」數之，果如其言，即謂參寥子曰：「某前身寺中僧也，今日寺僧皆吾法屬耳，吾死後，當捨身為寺中伽藍。」參寥遂塑東坡像，供之伽藍之列，留偈壁間，有：「金剛開口笑鐘樓，樓笑金剛雨打頭，直待有鄰通一線，兩重公案一時修。」後寺破敗。崇禎壬申，有揚州茂才鮑同德字有鄰者，來寓寺中。東坡兩次入夢，屬以修寺，鮑辭以「貧士安辦此？」公曰：「子第為之，自有助子者。」次日，見壁間偈有「有鄰」二字，遂心動立願，作《西泠記夢》，見人輒出示之。一日至邸，遇維揚姚永言，備言其夢。座中有粵東謁選進士宋公兆禴者，甚為駭異。次日，宋公筮仕，遂得仁和。永言慫恿之，宋公力任其艱，寺得再葺。時有泉適出寺後，好事者仍名之參寥泉焉。

六賢祠

宋時西湖有三賢祠兩：其一在孤山竹閣。三賢者，白樂天、林和靖、蘇東坡也。其一在龍井資聖院。三賢者，趙閱道、僧辨才、蘇東坡也。寶慶間，袁樵移竹閣三賢祠於蘇公堤，建亭館以沽官酒。或題詩云：「和靖、東坡、白樂天，三人秋菊薦寒泉，而今滿面生塵土，欲與袁樵趁酒錢。」又據陳眉公筆記，錢塘有水仙王廟，林和靖祠堂近之。東坡先生以和靖清節映世，遂移神像配食水仙王。黃山谷有《水仙花》詩用此事：「錢塘昔聞水仙廟，荊州今見水仙花，暗香靚色撩詩句，宜在孤山處士家。」則宋時所祀，止和靖一人。明正德三年，郡守楊孟瑛重濬西湖，立四賢祠，以祀李鄴侯、白、蘇、林四人，杭人益以楊公，稱五賢。而後乃祧楊公，增祀周公維新、王公弇州，稱六賢祠。張公亮曰：「湖上之祠，宜以久居其地，與風流標令為山水深契者，乃列之。周公冷面，且為神明，有別祠矣。弇州文人，與湖非久要，今並四公而坐，恐難熟熱也。」人服其確論。

張明弼〈六賢祠〉詩：

山川亦自有聲氣，西湖不易與人熱。
五日京兆王弇州，冷面臬司號寒鐵。
原與湖山非久要，心胸不復留風月。

猶議當時李鄴侯，西泠尚未通舟楫。
惟有林蘇白樂天，真與煙霞相接納。
風流俎豆自千秋，松風菊露梅花雪。

西泠橋

西泠橋一名西陵，或曰：即蘇小小結同心處也。及見方子公詩有云：「『數聲漁笛知何處，疑在西泠第一橋。』陵作泠，蘇小恐誤。」余曰：「管不得，只西陵便好。且白公斷橋詩『柳色青藏蘇小家』，斷橋去此不遠，豈不可借作西泠故實耶！」昔趙王孫孟堅子固常客武林，值菖蒲節，周公謹同好事者邀子固遊西湖。酒酣，子固脫帽，以酒晞髮，箕踞歌《離騷》，旁若無人。薄暮入西泠橋，掠孤山，艤舟茂樹間，指林麓最幽處，瞪目叫曰：「此真洪谷子、董北苑得意筆也。」鄰舟數十，皆驚駭絕歎，以為真謫仙人。得山水之趣味者，東坡之後，復見此人。

袁宏道〈西泠橋〉詩：

西泠橋，水長在。松葉細如針，不肯結羅帶。
鶯如衫，燕如釵，油壁車，砍為柴，青驄馬，自西來。
昨日樹頭花，今日陌上土。恨血與啼魂，一半逐風雨。

又〈桃花雨〉詩：

淺碧深紅大半殘，惡風催雨剪刀寒。

桃花不比杭州女，洗卻胭脂不耐看。

李流芳〈西泠橋題畫〉：

余嘗為孟暘題扇：「多寶峰頭石欲摧，西泠橋邊樹不開。輕煙薄霧斜陽下，曾泛扁舟小築來。」西泠橋樹色，真使人可念，橋亦自有古色。近聞且改築，當無復舊觀矣。對此悵然。

岳王墳

岳鄂王死，獄卒隗順負其屍，逾城至北山以葬。後朝廷購求葬處，順之子以告。及啟棺如生，乃以禮服殮焉。隗順，史失載。今之得以崇封祀享，肸蠁千秋，皆順力也。倪太史元璐曰：「岳王祠，泥範忠武，鐵鑄檜、卨，人之欲不朽檜、卨也，甚于忠武。」按公之改謚忠武，自隆慶四年。墓前之有秦檜、王氏、萬俟卨三像，始於正德八年，指揮李隆以銅鑄之，旋為遊人撻碎。後增張俊一像。四人反接，跪於丹墀。自萬曆二十六年，按察司副使范涞易之以鐵，遊人椎擊益狠，四首齊落，而下體為亂石所擲，止露肩背。旁墓為銀瓶小姐。王被害，其女抱銀瓶墜井中死。楊鐵崖樂府曰：「岳家父，國之城；秦家奴，城之傾。皇天不靈，殺我父與兄。嗟我銀瓶為我父，緹縈生不贖父死，不如無生。千尺井，一尺瓶，瓶中之水精衛鳴。」墓前有分屍檜。天順八年，杭州同知馬偉鋸而植之，首尾分處，以示磔檜狀。隆慶五年，大雷擊折之。朱太史之俊曰：「一秦檜耳，鐵首木心，俱不能保至此。」天啟丁卯，浙撫造祠媚璫，窮工極巧，徙蘇堤第一橋于百步之外，數日立成，駭其神速。崇禎改元，魏璫敗，燬其祠，議以木石修王廟。卜之王，王弗許。

岳雲，王之養子，年十二從張憲戰，得其力，大捷，號曰「贏官人」，軍中皆呼焉。手握兩鐵錘，重八十斤。王征伐，未嘗不與，每立奇功，王輒隱之。官至左武大夫、忠州防御使。死年二十二，贈安遠軍承宣使。所用鐵錘猶存。

張憲為王部將，屢立戰功。紹興十年，兀朮屯兵臨穎，憲破其兵，追奔十五里，中原大振。秦檜主和，班師。檜與張俊謀殺岳飛，誘飛部曲能告飛事者，卒無人應。張俊鍛鍊憲，被掠無完膚，強辯不伏，卒以冤死。景定二年，追封烈文侯。正德十二年，布衣王大祐發地得碣石，乃崇封焉。郡守梁材建廟，修撰唐皐記之。

牛皋墓在棲霞嶺上。皋字伯遠，汝州人，岳鄂王部將，素立戰功。秦檜懼其怨己，一日大會眾軍士，置毒害之。皋將死，歎曰：「吾年近六十，官至侍從郎，一死何恨，但恨和議一成，國家日削。大丈夫不能以馬革裹屍報君父，是為歎耳！」

張景元〈岳墳小記〉：

岳少保墳祠，祠南向，舊在闤闠。孫中貴為買民居，開道臨湖，殊愜大觀。祠右衣冠葬焉。石門華表，形製不巨，雅有古色。

周詩〈岳王墳〉詩：

將軍埋骨處，過客式英風。北伐生前烈，南枝死後忠。
干戈戎馬異，涕淚古今同。目斷封邱上，蒼蒼夕照中。

高啟〈岳王墳〉詩：

大樹無枝向北風，千年遺恨泣英雄。
班師詔已成三殿，射虜書猶說兩宮。
每憶上方誰請劍，空嗟高廟自藏弓。
棲霞嶺上今回首，不見諸陵白霧中。

唐順之〈岳王墳〉詩：

國恥猶未雪，身危亦自甘。九原人不返，萬壑氣長寒。
豈恨藏弓早，終知借劍難。吾生非壯士，於此發衝冠。

蔡汝南〈岳王墓〉詩：

誰將三字獄，墮此一長城。北望真堪淚，南枝空自榮。
國隨身共盡，君恃相為生。落日松風起，猶聞劍戟鳴。

王世貞〈岳墳〉詩：

落日松杉覆古碑，英風颯颯動靈祠。
空傳赤帝中興詔，自折黃龍大將旗。
三殿有人朝北極，六陵無樹對南枝。
莫將烏喙論勾踐，鳥盡弓藏也不悲。

徐渭〈岳墳〉詩：

墓門慘澹碧湖中，丹雘朱扉射水紅。
四海龍蛇寒食後，六陵風雨大江東。
英雄幾夜乾坤博，忠孝傳家俎豆同。
腸斷兩宮終朔雪，年年麥飯隔春風。

張岱〈岳王墳〉詩：

西泠煙雨岳王宮，鬼氣陰森碧樹叢。
函谷金人長墮淚，昭陵石馬自嘶風。
半天雷電金牌冷，一族風波夜壑紅。
泥塑岳侯鐵鑄檜，只令千載罵奸雄。

董其昌〈岳墳柱對〉：

南人歸南，北人歸北，小朝廷豈求活耶。

孝子死孝，忠臣死忠，大丈夫當如是矣。

張岱〈岳墳柱銘〉：

呼天悲鐵像，此冤未雪，常聞石馬哭昭陵。

拓地飲黃龍，厥志當酬，尚見泥兵濕蔣廟。

紫雲洞

紫雲洞在煙霞嶺右。其地怪石蒼翠，劈空開裂，山頂層層，如廈屋天構。賈似道命工疏剔建庵，刻大士像於其上。雙石相倚為門，清風時來，谽　透出，久坐使人寒慄。又有一坎突出洞中，蓄水澄潔，莫測其底。洞下有懶雲窩，四山圍合，竹木掩映，結庵其中。名賢遊覽至此，每有遺世之思。洞旁一壑幽深，昔人鑿石，聞金鼓聲而止，遂名「金鼓洞」。洞下有泉，曰「白沙」。好事者取以瀹茗，與虎跑齊名。

王思任詩：

筭輿幽討遍，大壑氣沉沉。山葉逢秋醉，溪聲入午瘖。
是泉從竹護，無石不雲深。沁骨涼風至，僧寮絮碧陰。

卷二

西湖西路

玉泉寺

玉泉寺為故淨空院。南齊建元中，僧曇起說法于此，龍王來聽，為之撫掌出泉，遂建龍王祠。晉天福三年，始建淨空院於泉左。宋理宗書「玉泉淨空院」額。祠前有池畝許，泉白如玉，水望澄明，淵無潛甲。中有五色魚百餘尾，投以餅餌，則奮鬐鼓鬣，攫奪盤旋，大有情致。泉底有孔，出氣如橐籥，是即神龍泉穴。又有細雨泉，晴天水面如雨點，不解其故。泉出可溉田四千畝。近者曰鮑家田，吳越王相鮑慶臣埰地也。萬曆二十八年，司禮孫東瀛於池畔改建大士樓居。春時，遊人甚眾，各攜果餌到寺觀魚，餵飼之多，魚皆饜飫，較之放生池，則侏儒飽欲死矣。

道隱〈玉泉寺〉詩：

在昔南齊時，說法有曇起。天花墮碧空，神龍聽法語。
撫掌一讚歎，出泉成白乳。澄潔更空明，寒涼卻酷暑。
石破起冬雷，天驚逗秋雨。如何烈日中，水紋如碎羽。
言有橐籥聲，氣孔在泉底。內多海大魚，狰獰數百尾。
餅餌驟然投，要遮全振旅。見食即忘生，無怪盜賊聚。

集慶寺

九里松，唐刺史袁仁敬植。松以達天竺，凡九里，左右各三行，每行相去八九尺。蒼翠夾道，藤蘿冒塗，走其下者，人面皆綠。行里許，有集慶寺，乃宋理宗所愛閻妃功德院也。淳祐十一年建造。閻妃，鄞縣人，以妖豔專寵後宮。寺額皆御書，巧麗冠于諸剎。經始時，望青採斫，勳舊不保，鞭笞追逮，擾及雞豚。時有人書法堂鼓云：「淨慈靈隱三天竺，不及閻妃好面皮。」理宗深恨之，大索不得。此寺至今有理宗御容兩軸。六陵既掘，冬青不生，而帝之遺像竟托閻妃之面皮以存，何可輕誚也。元季燬，明洪武二十七年重建。

張京元〈九里松小記〉：

九里松者，僅見一株兩株，如飛龍劈空，雄古奇偉。想當年萬綠參天，松風聲壯於錢塘潮，今已化為烏有。更千百歲，桑田滄海，恐北高峰頭有螺蚌殼矣，安問樹有無哉！

陳玄暉〈集慶寺〉詩：

玉鉤斜內一閻妃，姓氏猶傳真足奇。
宮嬪若非能佞佛，御容焉得在招提。

布地黃金出紫薇，官家不若一閻妃。
江南賦稅憑誰用，日縱平章恣水嬉。
開荒築土建壇壝，功德巍峨在石碑。
集慶猶存宮殿燬，面皮真個屬閻妃。
昔日曾傳九里松，後聞建寺一朝空。
放生自出羅禽鳥，聽信閽黎說有功。

飛來峰

飛來峰，棱層剔透，嵌空玲瓏，是米顛袖中一塊奇石。使有石癖者見之，必具袍笏下拜，不敢以稱謂簡褻，只以石丈呼之也。深恨楊髡，遍體俱鑿佛像，羅漢世尊，櫛比皆是，如西子以花豔之膚，瑩白之體，刺作臺池鳥獸，乃以黔墨塗之也。奇格天成，妄遭錐鑿，思之骨痛。翻恨其不匿影西方，輕出靈鷲，受人戮辱；亦猶士君子生不逢時，不束身隱遁，以才華傑出，反受摧殘，郭璞、禰衡並受此慘矣。慧理一歎，謂其何事飛來，蓋痛之也，亦惜之也。且楊髡沿溪所刻羅漢，皆貌己像，騎獅騎象，侍女皆裸體獻花，不一而足。田公汝成錐碎其一；余少年讀書岣嶁，亦碎其一。聞楊髡當日住德藏寺，專發古塚，喜與僵屍淫媾。知寺後有來提舉夫人與陸左丞化女，皆以色夭，用水銀灌殮。楊命發其塚。有僧真諦者，性騃戇，為寺中樵汲，聞之大怒，嗥呼詬誶。主僧懼禍，鎖禁之。及五鼓，楊髡起，趣眾發掘，真諦踰垣而出，抽韋馱木杵，奮擊楊髡，裂其腦蓋。從人救護，無不被傷。但見真諦於眾中跳躍，每踰尋丈，若隼撇虎騰，飛捷非人力可到。一時燈炬皆滅，钁鍤畚插都被燬壞。楊髡大懼，謂是韋馱顯聖，不敢往發，率眾遽去，亦不敢問。此僧也，洵為山靈吐氣。

袁宏道〈飛來峰小記〉：

湖上諸峰，當以飛來為第一。峰石踰數十丈，而蒼翠玉立。渴虎奔猊，不足為其怒也；神呼鬼立，不足為其怪也；秋水暮煙，不足為其色也；顛書吳畫，不足為其變幻詰曲也。石上多異木，不假土壤，根生石外。前後大小洞四五，窈窕通明，溜乳作花，若刻若鏤。壁間佛像，皆楊髡所為，如美人面上瘢痕，奇醜可厭。余前後登飛來者五：初次與黃道元、方子公同登，單衫短後，直窮蓮花峰頂。每遇一石，無不發狂大叫。次與王聞溪同登；次為陶石簣、周海寧；次為王靜虛、陶石簣兄弟；次為魯休寧。每遊一次，輒思作一詩，卒不可得。

又〈戲題飛來峰〉詩：

試問飛來峰，未飛在何處。人世多少塵，何事飛不去。
高古而鮮妍，楊、班不能賦。

白玉簇其顛，青蓮借其色。惟有虛空心，一片描不得。
平生梅道人，丹青如不識。

張岱〈飛來峰〉詩：

石原無此理，變幻自成形。天巧疑經鑿，神功不受型。
搜空或洚水，開闢必雷霆。應悔輕飛至，無端遭巨靈。
石意猶思動，躨跜勢若撐。鬼工穿曲折，兒戲斫瓏玲。
深入營三窟，蠻開倩五丁。飛來或飛去，防爾為身輕。

冷泉亭

冷泉亭在靈隱寺山門之左。丹垣綠樹，翳映陰森。亭對峭壁，一泓冷然，淒清入耳。亭後西栗十餘株，大皆合抱，冷暗樾，遍體清涼。秋初栗熟，大若櫻桃，破苞食之，色如蜜珀，香若蓮房。天啟甲子，余讀書岣嶁山房，寺僧取作清供。余謂雞頭實無其鬆脆，鮮胡桃遜其甘芳也。夏月乘涼，移枕簟就亭中臥月，澗流淙淙，絲竹並作。張公亮聽此水聲，吟林丹山詩：「流向西湖載歌舞，回頭不似在山時。」言此水聲帶金石，已先作歌舞矣，不入西湖安入乎！余嘗謂住西湖之人，無人不帶歌舞，無山不帶歌舞，無水不帶歌舞，脂粉紈綺，即村婦山僧，亦所不免。因憶眉公之言曰：「西湖有名山，無處士；有古剎，無高僧；有紅粉，無佳人；有花朝，無月夕。」曹娥雪亦有詩嘲之曰：「燒鵝羊肉石灰湯，先到湖心次岳王。斜日未曛客未醉，齊拋明月進錢塘。」余在西湖，多在湖船作寓，夜夜見湖上之月，而今又避囂靈隱，夜坐冷泉亭，又夜夜對山間之月，何福消受。余故謂西湖幽賞，無過東坡，亦未免遇夜入城。而深山清寂，皓月空明，枕石漱流，臥醒花影，除林和靖、李岣嶁之外，亦不見有多人矣。即慧理、賓王，亦不許其同在臥次。

袁宏道〈冷泉亭小記〉：

靈隱寺在北高峰下，寺最奇勝，門景尤好。由飛來峰至冷泉亭一帶，澗水溜玉，畫壁流青，是山之極勝處。亭在山門外，嘗讀樂天記有云：「亭在山下水中，寺西南隅，高不倍尋，廣不累丈，撮奇搜勝，物無遁形。春之日，草薰木欣，可以導和納粹；夏之日，風泠泉渟，可以蠲煩析醒。山樹為蓋，巖谷為屏，雲從棟生，水與階平。坐而玩之，可濯足於床下；臥而狎之，可垂釣於枕上。潺湲潔澈，甘粹柔滑，眼目之囂，心舌之垢，不待盥滌，見輒除去。」觀此記，亭當在水中，今依澗而立。澗闊不丈餘，無可置亭者。然則冷泉之景，比舊蓋減十分之七矣。

靈隱寺

明季昭慶寺火，未幾而靈隱寺火，未幾而上天竺又火，三大寺相繼而燬。是時唯具德和尚為靈隱住持，不數年而靈隱早成。蓋靈隱自晉咸和元年，僧慧理建，山門匾曰「景勝覺場」，相傳葛洪所書。寺有石塔四，錢武肅王所建。宋景德四年，改景德靈隱禪寺，元至正三年燬。明洪武初再建，改靈隱寺。宣德七年，僧曇贊建山門，良玠建大殿。殿中有拜石，長丈餘，有花卉鱗甲之文，工巧如畫。正統十一年，玹理建直指堂，堂文額為張即之所書，隆慶三年燬。萬曆十二年，僧如通重建；二十八年司禮監孫隆重修，至崇禎十三年又燬。具和尚查如通舊籍，所費八萬，今計工料當倍之。具和尚慘澹經營，咄嗟立辦。其因緣之大，恐蓮池金粟所不能逮也。具和尚為余族弟，丁酉歲，余往候之，則大殿、方丈尚未起工，然東邊一帶，閎閣精藍凡九進，客房僧舍百什餘間，棐几藤床，鋪陳器皿，皆不移而具。香積廚中，初鑄三大銅鍋，鍋中煮米三擔，可食千人。具和尚指鍋示余曰：「此弟十餘年來所掙家計也。」飯僧之眾，亦諸剎所無。午間方陪余齋，見有沙彌持赫蹏送看，不知何事，第對沙彌曰：「命庫頭開倉。」沙彌去。及余飯後出寺門，見有千餘人蜂擁而來，肩上擔米，頃刻上廩，斗斛無聲，忽然竟去。余問和尚，和尚曰：「此丹陽施主某，歲致米五百擔，水腳挑錢，纖悉自備，不許飲常住勺水，七年於此矣。」余為嗟歎。因問大殿何時可成，和尚對以：「明年六月，為弟六十，法子萬人，人饋十金，可得十萬，則吾事濟矣。」逾三年而大殿、方丈俱落成焉。余作詩以記其盛。

張岱〈壽具和尚並賀大殿落成〉詩：

飛來石上白猿立，石自呼猿猿應石。
具德和尚行腳來，山鬼啾啾寺前泣。
生公叱石同叱羊，沙飛石走山奔忙。
驅使萬靈皆辟易，火龍為之開洪荒。
正德初年有簿對，八萬今當增一倍。
談笑之間事已成，和尚功德可思議。
黃金大地破慳貪，聚米成邱粟若山。
萬人團族如蜂蟻，和尚植杖意自閒。
余見催科只數貫，縣官敲撲加鍛鍊。
白糧升合尚怒呼，如坻如京不盈半。
憶昔訪師坐法堂，赫蹏數寸來丹陽。
和尚聲色不易動，第令侍者開倉場。
去不移時階戺亂，白粲馱來五百擔。
上倉斗斛寂無聲，千百人夫頃刻散。
米不追呼人不繫，送到座前猶屏氣。

公侯福德將相才，羅漢神通菩薩慧。
如此工程非戲謔，向師頌之師不諾。
但言佛自有因緣，老僧只怕因果錯。
余自聞言請受記，阿難本是如來弟。
與師同住五百年，挾取飛來復飛去。

張祜〈靈隱寺〉詩：

峰巒開一掌，朱檻幾環延。佛地花分界，僧房竹引泉。
五更樓下月，十里郭中煙。後塔聳亭後，前山橫閣前。
溪沙涵水靜，洞石點苔鮮。好是呼猿父，西巖深響連。

賈島〈靈隱寺〉詩：

峰前峰後寺新秋，絕頂高窗見沃洲。
人在定中聞蟋蟀，鶴於棲處掛獮猴。
山鐘夜度空江水，汀月寒生古石樓。

心欲懸帆身未逸，謝公此地昔曾遊。

周詩〈靈隱寺〉詩：

靈隱何年寺，青山向此開。澗流原不斷，峰石自飛來。
樹覆空王苑，花藏大士臺。探冥有玄度，莫遣夕陽催。

北高峰

北高峰在靈隱寺後，石磴數百級，曲折三十六灣。上有華光廟，以祀五聖。山半有馬明王廟，春日祈蠶者咸往焉。峰頂浮屠七級，唐天寶中建，會昌中燬；錢武肅王修復之，宋咸淳七年復燬。此地群山屏繞，湖水鏡涵，由上視下，歌舫漁舟，若鷗鳧出沒，煙波遠而益微，僅覿其影。西望羅刹江，若疋練新濯，遙接海色，茫茫無際。張公亮有句：「江氣白分海氣合，吳山青盡越山來。」詩中有畫。郡城正值江湖之間，委蛇曲折，左右映帶，屋宇鱗次，竹木雲蓊，鬱鬱蔥蔥，鳳舞龍盤，真有王氣蓬勃。山麓有無著禪師塔。師名文喜，唐肅宗時人也，瘞骨於此。韓侂胄取為葬地，啟其塔，有陶龕焉。容色如生，髮垂至肩，指爪盤屈繞身，舍利數百粒，三日不壞，竟荼毘之。

蘇軾〈遊靈隱高峰塔〉詩：

言遊高峰塔，蓐食始野裝。火雲秋未衰，及此初旦涼。
霧霏巖谷暗，日出草木香。嘉我同來人，又便雲水鄉。
相勸小舉足，前路高且長。古松攀龍蛇，怪石坐牛羊。
漸聞鐘磬音，飛鳥皆下翔。入門空無有，雲海浩茫茫。
惟見聾道人，老病時絕糧。問年笑不答，但指穴梨床。
心知不復來，欲歸更彷徨。贈別留疋布，今歲天早霜。

韜光庵

韜光庵在靈隱寺右之半山，韜光禪師建。師，蜀人，唐太宗時，辭其師出遊，師囑之曰：「遇天可留，逢巢即止。」師遊靈隱山巢溝塢，值白樂天守郡，悟曰：「吾師命之矣。」遂卓錫焉。樂天聞之，遂與為友，題其堂曰「法安」。內有金蓮池、烹茗井，壁間有趙閱道、蘇子瞻題名。庵之右為呂純陽殿，萬曆十二年建，參政郭子章為之記。駱賓王亡命為僧，匿跡寺中。宋之問自謫所還至江南，偶宿於此。夜月極明，之問在長廊索句，吟曰：「鷲嶺鬱岧嶢，龍宮鎖寂寥。」後句未屬，思索良苦。有老僧點長明燈，問曰：「少年夜不寐，而吟諷甚苦，何耶？」之問曰：「適欲題此寺，得上聯而下句不屬。」僧請吟上句，宋誦之。老僧曰：「何不云『樓觀滄海日，門對浙江潮』？」之問愕然，訝其遒麗，遂續終篇。遲明訪之，老僧不復見矣。有知者曰：「此駱賓王也」。

袁宏道〈韜光庵小記〉：

韜光在山之腰，出靈隱後一二里，路徑甚可愛。古木婆娑，草香泉漬，淙淙之聲，四分五絡，達於山廚。庵內望錢塘江，浪紋可數。余始入靈隱，疑宋之問詩不似，意古人取景，或亦如近代詞客捃拾幫湊。及登韜光，始知「滄海」、「浙江」、「捫蘿」、「刳木」數語，字字入畫，古人真不可及矣。宿韜光之次日，余與石簣、子公同登北高峰，絕頂而下。

張京元〈韜光庵小記〉：

韜光庵在靈鷲後，鳥道蛇盤，一步一喘。至庵，入坐一小室，峭壁如削，泉出石罅，匯為池，蓄金魚數頭。低窗曲檻，相向啜茗，真有武陵世外之想。

蕭士瑋〈韜光庵小記〉：

初二，雨中上韜光庵。霧樹相引，風煙披薄，木末飛流，江懸海掛。倦時踞石而坐，倚竹而息。大都山之姿態，得樹而妍；山之骨格，得石而蒼；山之營衛，得水而活；惟韜光道中能全有之。初至靈隱，求所謂「樓觀滄海日，門對浙江潮」，竟無所有。至韜光，了了在吾目中矣。白太傅碑可讀，雨中泉可聽，恨僧少可語耳。枕上沸波，竟夜不息，視聽幽獨，喧極反寂。益信聲無哀樂也。

受肇和〈自韜光登北高峰〉詩：

高峰千仞玉嶙峋，石磴攀躋翠藹分。
一路松風長帶雨，半空嵐氣自成雲。
上方樓閣參差見，下界笙歌遠近聞。
誰似當年蘇內翰，登臨處處有遺文。

白居易〈招韜光禪師〉詩：

白屋炊香飯，葷膻不入家。濾泉澄葛粉，洗手摘藤花。
青菜除黃葉，紅薑帶紫芽。命師相伴食，齋罷一甌茶。

韜光禪師〈答白太守〉詩：

山僧野性愛林泉，每向巖阿倚石眠。
不解栽松陪玉勒，惟能引水種青蓮。
白雲乍可來青嶂，明月難教下碧天。
城市不能飛錫至，恐妨鶯囀翠樓前。

楊蟠〈韜光庵〉詩：

寂寂階前草，春深鹿自耕。老僧垂白髮，山下不知名。

王思任〈韜光庵〉詩：

雲老天窮結數楹，濤呼萬壑盡松聲。
鳥來佛座施花去，泉入僧廚漉菜行。
一捺斷山流海氣，半株殘塔插湖明。
靈峰占絕杭州妙，輸與韜光得隱名。

又〈韜光澗道〉詩：

靈隱入孤峰，庵庵疊翠重。僧泉交竹驛，仙屋破雲封。
綠暗天俱貴，幽寒月不濃。澗橋秋倚處，忽一響山鐘。

岣嶁山房

李茇號岣嶁，武林人，住靈隱韜光山下。造山房數楹，盡駕迴溪絕壑之上。溪聲淙淙出閣下，高厓插天，古木蓊蔚，人有幽致。山人居此，孑然一身。好詩，與天池徐渭友善。客至，則呼僮駕小舫，盪槳於西泠斷橋之間，笑咏竟日。以山石自礫生壙，死即埋之。所著有《岣嶁山人詩集》四卷。天啟甲子，余與趙介臣、陳章侯、顏敘伯、卓珂月、余弟平子讀書其中。主僧自超，園蔬山蔌，淡薄淒清。但恨名利之心未淨，未免唐突山靈，至今猶有愧色。

張岱〈岣嶁山房小記〉：

岣嶁山房，逼山、逼谿、逼韜光路，故無徑不梁，無屋不閣。門外蒼松傲睨，蓊以雜木，冷綠萬頃，人面俱失。石橋低磴，可坐十人。寺僧刳竹引泉，橋下交交牙牙，皆為竹節。天啟甲子，余鍵戶其中者七閱月，耳飽谿聲，目飽清樾。山上下多西栗、鞭笋，甘芳無比。鄰人以山房為市，蓏果、羽族日致之，而獨無魚。乃瀦谿為壑，繫巨魚數十頭。有客至，輒取魚給鮮。日晡，必步冷泉亭、包園、飛來峰。一日，緣谿走看佛像，口口罵楊髡。見一波斯坐龍象，蠻女四五獻花果，皆裸形，勒石誌之，乃真伽像也。余椎落其首，並碎諸蠻女，置溺溲處以報之。寺僧以余為椎佛也，咄咄作怪事，及知為楊髡，皆歡喜讚歎。

徐渭〈訪李岣嶁山人〉詩：

岣嶁詩客學全真，半日深山說鬼神。
送到澗聲無響處，歸來明月滿前津。
七年火宅三車客，十里荷花兩槳人。
兩岸鷗鳧仍似昨，就中應有舊相親。

王思任〈岣嶁僧舍〉詩：

亂苔膏古蔭，慘綠蔽新芊。鳥語皆番異，泉心即佛禪。
買山應較尺，賒月敢辭錢。多少清涼界，幽僧抱竹眠。

青蓮山房

青蓮山房，為涵所包公之別墅也。山房多修竹古梅，倚蓮花峰，跨曲澗，深巖峭壁，掩映林麓間。公有泉石之癖，日涉成趣。臺榭之美，冠絕一時。外以石屑砌壇，柴根編戶，富貴之中，又著草野。正如小李將軍作丹青界畫，樓臺細畫，雖竹籬茅舍，無非金碧輝煌也。曲房密室，皆儲倚美人，行其中者，至今猶有香豔。當時皆珠翠團簇，錦繡堆成。一室之中，宛轉曲折，環繞盤旋，不能即出。主人於此精思巧構，大類迷樓。而後人欲如包公之聲伎滿前，則亦兩浙薦紳先生所絕無者也。今雖數易其主，而過其門者必曰「包氏北莊」。

陳繼儒〈青蓮山房〉詩：

造園華麗極，反欲學村莊。編戶留柴葉，磊壇帶石霜。
梅根常塞路，溪水直穿房。覓主無從入，裴回走曲廊。
主人無俗態，築圃見文心。竹暗常疑雨，松梵自帶琴。
牢騷寄聲伎，經濟儲山林。久已無常主，包莊說到今。

呼猿洞

呼猿洞在武林山。晉慧理禪師，常畜黑白二猿，每於靈隱寺月明長嘯，二猿隔岫應之，其聲清皦。後六朝宋時，有僧智一仿舊跡而畜數猿於山，臨澗長嘯，則群猿畢集，謂之猿父。好事者施食以齋之，因建飯猿堂。今黑白二猿尚在。有高僧住持，則或見黑猿，或見白猿。具德和尚到山間，則黑白皆見。余於方丈作一對送之：「生公說法，雨墮天花，莫論飛去飛來，頑皮石也會點頭。慧理參禪，月明長嘯，不問是黑是白，野心猿都能答應。」具和尚在靈隱，聲名大著。後以徑山佛地謂歷代祖師多出於此，徙往徑山。事多格迕，為時無幾，遂致涅槃。方知盛名難居，雖在緇流，亦不可多取。

陳洪綬〈呼猿洞〉詩：

慧理是同鄉，白猿供使令。以此後來人，十呼十不應。
明月在空山，長嘯是何意。呼山山自來，麾猿猿不去。
痛恨遇真伽，斧斤殘怪石。山亦悔飛來，與猿相對泣。
洞黑復幽深，恨無巨靈力。余欲錘碎之，白猿當自出。

張岱〈呼猿洞〉對：

洞裡白猿呼不出，崖前殘石悔飛來。

三生石

三生石在下天竺寺後。東坡《圓澤傳》曰：「洛師惠林寺，故光祿卿李憕居第。祿山陷東都，憕以居守死之。子源，少時以貴遊子豪侈善歌聞於時。及憕死，悲憤自誓，不仕，不娶，不食肉，居寺中五十餘年。寺有僧圓澤，富而知音。源與之遊甚密，促膝交語竟日，人莫能測。一日相約遊蜀青城、峨嵋山，源欲自荊州泝峽，澤欲取長安斜谷路。源不可，曰：『吾以絕世事，豈可復到京師哉！』澤默然久之，曰：『行止固不由人。』遂自荊州路。舟次南浦，見婦人錦襠負罌而汲者，澤望而歎曰：『吾不欲由此者，為是也。』源驚問之。澤曰：『婦人姓王氏，吾當為之子。孕三歲矣，吾不來，故不得乳。今既見，無可逃之。公當以符咒助吾速生。三日浴兒時，願公臨我，以笑為信。後十三年中秋月夜，杭州天竺寺外，當與公相見。』源悲悔，而為具沐浴易服。至暮，澤亡而婦乳。三日，往觀之，兒見源果笑。具以語王氏，出家財葬澤山下。源遂不果行。返寺中，問其徒，則既有治命矣。後十三年，自洛還吳，赴其約。至所約，聞葛洪川畔有牧童扣角而歌之曰：『三生石上舊精魂，賞月吟風不要論。慚愧情人遠相訪，此身雖異性長存。』呼問：『澤公健否？』答曰：『李公真信士，然俗緣未盡，慎弗相近，惟勤修不墮，乃復相見。』又歌曰：『身前身後事茫茫，欲話因緣恐斷腸。吳越山川尋已遍，卻回煙棹上瞿唐。』遂去不知所之。後二年，李德裕奏源忠臣子，篤孝，拜諫議大夫。不就，竟死寺中，年八十一。」

王元章〈送僧歸中竺〉詩：

天香閣上風如水，千歲巖前雲似苔。
明月不期穿樹出，老夫曾此聽猿來。
相逢五載無書寄，卻憶三生有夢回。
鄉曲故人憑問訊，孤山梅樹幾番開。

蘇軾〈贈下天竺惠淨師〉詩：

予去杭十六年而復來，留二年而去。平生自覺出處老少，粗似樂天，雖才名相遠，而安分寡求亦庶幾焉。三月六日，來別南北山諸道人，而下天竺惠淨師以醜石贈，作三絕句：

當年衫鬢兩青青，強說重來慰別情。
衰鬢只今無可白，故應相對說來生。

出處依稀似樂天，敢將衰朽較前賢。
便從洛社休官去，猶有閒居二十年。

在郡依前六百日，山中不記幾回來。
還將天竺一峰去，欲把雲根到處栽。

上天竺

上天竺，晉天福間，僧道翊結茅庵於此。一夕，見毫光發於前澗，晚視之，得一奇木，刻畫觀音大士像。後漢乾祐間，有僧從勳自洛陽持古佛舍利來，置頂上，妙相莊嚴，端正殊好，晝放白光，士民崇信。錢武肅王常夢白衣人求葺其居，寤而有感，遂建天竺觀音看經院。宋咸平中，浙西久旱，郡守張去華率僚屬具幡幢華蓋迎請下山，而澍雨沾足。自是有禱輒應，而雨每滂薄不休，世傳爛稻龍王焉。南渡時，施捨珍寶，有日月珠、鬼谷珠、貓睛等，雖大內亦所罕見。嘉祐中，沈文通治郡，謂觀音以聲聞宣佛力，非禪那所居，乃以教易禪，令僧元淨號辨才者主之。鑿山築室，幾至萬礎。治平中，郡守蔡襄奏賜「靈感觀音」殿額。辨才乃益鑿前山，闢地二十有五尋，殿加重簷。建炎四年，兀朮入臨安，高宗航海。兀朮至天竺，見觀音像喜之，乃載後車，與〈大藏經〉並徙而北。時有比丘知完者，率其徒以從。至燕，舍於都城之西南五里，曰玉河鄉，建寺奉之。天竺僧乃重以他木刻肖前像，詭曰：「藏之井中，今方出現」，其實並非前像也。乾道三年，建十六觀堂，七年，改院為寺，門匾皆御書。慶元三年，改天臺教寺。元至元三年燬。五年，僧慶思重建，仍改天竺教寺。元末燬。明洪武初重建，萬曆二十七年重修。崇禎末年又燬，清初又建。時普陀路絕，天下進香者皆近就天竺，香火之盛，當甲東南。二月十九日，男女宿山之多，殿內外無下足處，與南海潮音寺正等。

張京元〈上天竺小記〉：

天竺兩山相夾，迴合若迷。山石俱骨立，石間更繞松篁。過下竺，諸僧鳴鐘肅客，寺荒落不堪入。中竺如之。至上竺，山巒環抱，風氣甚固，望之亦幽致。

蕭士瑋〈上天竺小記〉：

上天竺，疊嶂四周，中忽平曠，巡覽迎眺，驚無歸路。余知身之入而不知其所由入也。從天竺抵龍井，曲澗茂林，處處有之。一片雲、神運石，風氣道逸，神明刻露。選石得此，亦娶妻得姜矣。泉色紺碧，味淡遠，與他泉迥矣。

蘇軾〈記天竺詩引〉：

軾年十二，先君自虔州歸，謂予言：「近城山中天竺寺，有樂天親書詩云：『一山門作兩山門，兩寺原從一寺分。東澗水流西澗水，南山雲起北山雲。前臺花發後臺見，上界鐘鳴下界聞。遙想吾師行道處，天香桂子落紛紛。』筆勢奇逸，墨蹟如新。」今四十七年，予來訪之，則詩已亡，有刻石在耳。感涕不已，而作是詩。

又〈贈上天竺辨才禪師〉詩：

南北一山門，上下兩天竺。中有老法師，瘦長如鸛鵠。
不知修何行，碧眼照山谷。見之自清涼，洗盡煩惱毒。
坐令一都會，方丈禮白足。我有長頭兒，角頰峙犀玉。
四歲不知行，抱負煩背腹。師來為摩頂，起走趁奔鹿。
乃知戒律中，妙用謝羈束。何必言法華，佯狂啖魚肉。

張岱〈天竺柱對〉：

佛亦愛臨安，法像自北朝留住。
山皆學靈鷲，洛伽從南海飛來。

卷三

西湖中路

秦樓

秦樓初名水明樓，東坡建，常攜朝雲至此遊覽。壁上有三詩，為坡公手跡。過樓數百武，為鏡湖樓，白樂天建。宋時宦杭者，行春則集柳洲亭，競渡則集玉蓮亭，登高則集天然圖畫閣，看雪則集孤山寺，尋常宴客則集鏡湖樓。兵燹之後，其樓已廢，變為民居。

蘇軾〈水明樓〉詩：

黑雲翻墨未遮山，白雨跳珠亂入船。
捲地風來忽吹散，望湖樓下水連天。
放生魚鳥逐人來，無主荷花到處開。
水浪能令山俯仰，風帆似與月裴回。
未成大隱成中隱，可得長閒勝暫閒。
我本無家更焉往，故鄉無此好湖山。

片石居

由昭慶緣湖而西，為餐香閣，今名片石居。閎閣精廬，皆韻人別墅。其臨湖一帶，則酒樓茶館，軒爽面湖，非惟心胸開滌，亦覺日月清朗。張謂「晝行不厭湖上山，夜坐不厭湖上月」，則盡之矣。再去則桃花港，其上為石函橋，唐刺史李鄴侯所建，有水閘泄湖水以入古蕩。沿東西馬塍、羊角埂，至歸錦橋，凡四派焉。白樂天記云：「北有石函，南有筧，決湖水一寸，可溉田五十餘頃。」閘下皆石骨磷磷，出水甚急。

徐渭〈八月十六片石居夜泛〉詞：

> 月倍此宵多，楊柳芙蓉夜色蹉。鷗鷺不眠如畫裡，舟過，向前驚換幾汀莎。　筒酒覓稀荷，唱盡塘棲《白苧歌》。天為紅妝重展鏡，如磨，漸照胭脂奈褪何。

十錦塘

十錦塘，一名孫堤，在斷橋下。司禮太監孫隆於萬曆十七年修築。堤闊二丈，遍植桃柳，一如蘇堤。歲月既多，樹皆合抱。行其下者，枝葉扶蘇，漏下月光，碎如殘雪。意向言斷橋殘雪，或言月影也。蘇堤離城遠，為清波孔道，行旅甚稀。孫堤直達西泠，車馬遊人，往來如織。

兼以西湖光豔，十里荷香，如入山陰道上，使人應接不暇。湖船小者，可入裡湖，大者緣堤倚徙，由錦帶橋循至望湖亭，亭在十錦塘之盡。漸近孤山，湖面寬敞。孫東瀛修葺華麗，增築露臺，可風可月，兼可肆筵設席。笙歌劇戲，無日無之。今改作龍王堂，旁綴數楹，咽塞離披，舊景盡失。再去，則孫太監生祠，背山面湖，頗極壯麗。近為盧太監捨以供佛，改名盧舍庵，而以孫東瀛像置之佛龕之後。孫太監以數十萬金錢裝塑西湖，其功不在蘇學士之下，乃使其遺像不得一見湖光山色，幽囚面壁，見之大為鯁悶。

袁宏道〈斷橋望湖亭小記〉：

湖上由斷橋至蘇公堤一帶，綠煙紅霧，彌漫二十餘里。歌吹為風，粉汗為雨，羅綺之盛，多於堤畔之柳，冶豔極矣。然杭人遊湖，止午、未、申三時，其實湖光染翠之工，山嵐設色之妙，全在朝日始出、夕舂未下，始極其濃媚。月景尤為清豔，花態柳情，山容水意，別是一種趣味。此樂留與山僧遊客受用，安可為俗士道哉！

望湖亭即斷橋一帶，堤甚工緻，比蘇公堤猶美。夾道種緋桃、垂柳、芙蓉、山茶之屬二十餘種。堤邊白石砌如玉，布地皆軟沙如茵。杭人曰：「此內使孫公所修飾也。」此公大是西湖功德主。自昭慶、天竺、淨慈、龍井及山中庵院之屬，所施不下數十萬。余謂白、蘇二公，西湖開山古佛，此公異日伽藍也。「腐儒，幾敗乃公事！」可厭！可厭！

張京元〈斷橋小記〉：

西湖之勝，在近；湖之易窮，亦在近。朝車暮舫，徒行緩步，人人可遊，時時可遊。而酒多於水，肉高於山，春時肩摩趾錯，男女雜遝，以挨簇為樂。無論意不在山水，即桃容柳眼，自與東風相倚，遊者何曾一著眸子也。

李流芳〈斷橋春望圖題詞〉：

往時至湖上，從斷橋一望，便魂消欲死。還謂所知，湖之瀲灩熹微，大約如晨光之著樹，明月之入廬。蓋山水映發，他處即有澄波巨浸，不及也。壬子正月，以訪舊重至湖上，輒獨往斷橋，裴回終日，翌日為楊讖西題扇云：「十里西湖意，都來到斷橋。寒生梅萼小，春入柳絲嬌。乍見應疑夢，重來不待招。故人知我否，吟望正蕭條。」又明日作此圖。小春四月，同孟暘、子與夜話，題此。

譚元春〈湖霜草序〉：

予以己未九月五日至西湖，不寓樓閣，不舍庵剎，而以琴尊書札，托一小舟。而舟居之妙，在五善焉。舟人無酬答，一善也。昏曉不爽其候，二善也。訪客登山，恣意所如，三善也。入斷橋，出西泠，午眠夕興，四善也。殘客可避，時時移棹，五善也。挾此五善，以長於湖。僧上鳧下，觴止茗生，篙楫因風，漁笅聚火。蓋以朝山夕水，臨澗對松，岸柳池蓮，藏身接友，早放孤山，晚依寶石，足了吾生，足濟吾事矣。

王叔杲〈十錦塘〉詩：

橫截平湖十里天，錦橋春接六橋煙。
芳林花發霞千樹，斷岸光分月兩川。
幾度觴飛堤外景，一清棹發鏡中船。
奇觀妝點知誰力，應有歌聲被管弦。

白居易〈望湖樓〉詩：

盡日湖亭卧，心閒事亦稀。起因殘醉醒，坐待晚涼歸。
松雨飄蘇帽，江風透葛衣。柳堤行不厭，沙軟絮霏霏。

徐渭〈望湖亭〉詩：

亭上望湖水，晶光淡不流。鏡寬萬影落，玉湛一磯浮。寒入沙蘆斷，煙生野鷺投。若從湖上望，翻羡此亭幽。

張岱〈西湖七月半記〉：

西湖七月半，一無可看，止可看看七月半之人。看七月半之人，以五類看之。其一，樓船簫鼓，峨冠盛筵，燈火優傒，聲光相亂，名為看月而實不見月者，看之。其一，亦船亦樓，名娃閨秀，攜及童孌，笑啼雜之，環坐露臺，左右盼望，身在月下而實不看月者，看之。其一，亦船亦聲歌，名妓閒僧，淺酌低唱，弱管輕絲，竹肉相發，亦在月下，亦看月，而欲人看其看月者，看之。其一，不舟不車，不衫不幘，酒醉飯飽，呼群三五，擠入人叢，昭慶、斷橋，嘄呼嘈雜，裝假醉，唱無腔曲，月亦看，看月者亦看，不看月者亦看，而實無一看者，看之。其一，小船輕幌，淨几暖爐，茶鐺旋煮，素瓷靜遞，好友佳人，邀月同坐，或匿影樹下，或逃囂裡湖，看月而人不見其看月之態，亦不作意看月者，看之。杭人遊湖，巳出酉歸，避月如仇，是夕好名，逐隊爭出，多犒門軍酒錢，轎夫擎燎，列俟岸上。一入舟，速舟子急放斷橋，趕入勝會。以故二鼓以前，人聲鼓吹，如沸如撼，如魘如囈，如聾如啞，大船小船一齊湊岸，一無所見，止見篙擊篙，舟觸舟，肩摩肩，面看面而已。少刻興盡，官府席散，皂隸喝道去，轎夫叫船上人，怖以關門，燈籠火把如列星，一一簇擁而去。岸上人亦逐隊趕門，漸稀漸薄，頃刻散盡矣。吾輩始艤舟近岸，斷橋石磴始涼，席其上，呼客縱飲。此時，月如鏡新磨，山復整妝，湖復頮面。向之淺斟低唱者出，匿影樹下者亦出，吾輩往通聲氣，拉與同坐。韻友來，名妓至，杯箸安，竹肉發。月色蒼涼，東方將白，客方散去。吾輩縱舟，酣睡於十里荷花之中，香氣拍人，清夢甚愜。

孤山

《水經注》曰：水黑曰盧，不流曰奴；山不連陵曰孤。梅花嶼介於兩湖之間，四面巖巒，一無所麗，故曰孤也。是地水望澄明，皦焉沖照，亭觀繡峙，兩湖反景，若三山之倒水下。山麓多梅，為林和靖放鶴之地。林逋隱居孤山，宋真宗徵之不就，賜號和靖處士。常畜雙鶴，豢之樊中。逋每泛小艇，遊湖中諸寺，有客來，童子開樊放鶴，縱入雲霄，盤旋良久，逋必棹艇遄歸，蓋以鶴起為客至之驗也。臨終留絕句曰：「湖外青山對結廬，墳前修竹亦蕭疏。茂陵他日求遺稿，猶喜曾無封禪書。」紹興十六年建四聖延祥觀，盡徙諸院剎及士民之墓，獨逋墓詔留之，弗徙。至元，楊連真伽發其墓，唯端硯一、玉簪一。明成化十年，郡守李瑞修復之。天啟間，有王道士欲于此地種梅千樹。雲間張侗初太史補〈孤山種梅序〉。

袁宏道〈孤山小記〉：

孤山處士，妻梅子鶴，是世間第一種便宜人。我輩只為有了妻子，便惹許多俗事，撇之不得，傍之可厭，如衣敗絮行荊棘中，步步牽掛。近日雷峰下有虞僧儒，亦無妻室，殆是孤山後身。所著〈溪上落花詩〉，雖不知於和靖如何，然一夜得百五十首，可謂迅捷之極。至於食淡參禪，則又加孤山一等矣，何代無奇人哉！

張京元〈孤山小記〉：

孤山東麓，有亭翼然。和靖故址，今悉編籬插棘。諸巨家規種桑養魚之利，然亦賴其稍葺亭榭，點綴山容。楚人之弓，何問官與民也。

又〈蕭照畫壁〉：

西湖涼堂，紹興間所構。高宗將臨觀之。有素壁四堵，高二丈，中貴人促蕭照往繪山水。照受命，即乞尚方酒四斗，夜出孤山，每一鼓即飲一斗，盡一斗則一堵已成，而照亦沉醉。上至，覽之歎賞，宣賜金帛。

沈守正〈孤山種梅疏〉：

西湖之上，蔥蒨親人，亦爽朗易盡。獨孤山盤鬱重湖之間，水石草木皆有幽色。唐時樓閣參差，詩歌點綴，冠於兩湖。讀「不雨山常潤，無雲水自陰」之句，猶可想見當時。道孤山者，不徑西泠，必沿湖水，不似今從望湖折闤闠而入也。此地尚有古梅偃蹇，云是和靖故居。

李流芳〈題孤山夜月圖〉：

曾與印持諸兄弟，醉後泛小艇，從孤山而歸。時月初上新堤，柳枝皆倒影湖中，空明摩盪，如鏡中，復如畫中。久懷此胸臆，壬子在小築，忽為孟暘寫出，真畫中矣。

蘇軾〈書林逋詩後〉：

吳儂生長湖山曲，呼吸湖光飲山淥。
不論世外隱君子，傭兒販婦皆冰玉。
先生可是絕俗人，神清骨冷無由俗。

我不識見曾夢見，瞳子瞭然光可燭。
遺篇妙字處處有，步繞西湖看不足。
詩如東野不言寒，書似西臺差少肉。
平生高節已難繼，將死微言猶可錄。
自言不作封禪書，更肯悲吟白頭曲。
我笑吳人不好事，好作祠堂傍修竹。
不然配食水仙王，一盞寒泉薦秋菊。

張祜〈孤山〉詩：

樓臺聳碧岑，一徑入湖心。不雨山常潤，無雲水自陰。
斷橋荒蘚合，空院落花深。猶憶西窗月，鐘聲出北林。

徐渭〈孤山玩月〉詩：

湖水淡秋空，練色澄初靜。倚棹激中流，幽然適吾性。
舉酒忽見月，光與波相映。西子拂淡妝，遙嵐掛孤鏡。

座客本玉姿，照耀几筵瑩。暇時吐高懷，四座盡傾聽。
卻言處士疏，徒抱梅花詠。如以徑寸魚，蹄涔即成泳。
論久與彌洽，返棹堤逾迥。自顧縱清談，何嫌麈塵柄。

卓敬〈孤山種梅〉詩：

風流東閣題詩客，瀟灑西湖處士家。
雪冷江深無夢到，自鋤明月種梅花。

王稚登〈贈林純卿卜居孤山〉詩：

藏書湖上屋三間，松映軒窗竹映關。
引鶴過橋看雪去，送僧歸寺帶雲還。
輕紅荔子家千里，疏影梅花水一灣。
和靖高風今已遠，後人猶得住孤山。

陳鶴〈題孤山林隱君祠〉詩：

孤山春欲半，猶及見梅花。笑踏王孫草，閒尋處士家。
塵心瑩水鏡，野服映山霞。巖壑長如此，榮名豈足誇。

王思任〈孤山〉詩：

淡水濃山畫裡開，無船不署好樓臺。
春當花月人如戲，煙入湖燈聲亂催。
萬事賢愚同一醉，百年修短未須哀。
只憐逋老棲孤鶴，寂寞寒籬幾樹梅。

張岱〈補孤山種梅敘〉：

蓋聞：地有高人，品格與山川並重；亭遺古跡，梅花與姓氏俱香。名流雖以代遷，勝事自須人補。在昔西泠逸老，高潔韻同秋水，孤清操比寒梅。疏影橫斜，遠映西湖清淺；暗香浮動，長陪夜月黃昏。今乃人去山空，依然水流花放。瑤葩灑雪，亂飄塚上苔痕；玉樹迷煙，恍墮林間鶴羽。茲來韻友，欲步前賢，補種千梅，重修孤嶼。凌寒三友，早連九里松篁；破臘一枝，遠謝六橋桃柳。佇想水邊半樹，點綴冰花；待將雪後橫枝，低昂鐵幹。美人來自林下，高士臥於山中。白石蒼崖，擬築草亭招放鶴；濃山淡水，閒鋤明月種梅花。有志竟成，無約不踐。將與羅浮爭豔，還期庾嶺分香。實為林處士之功臣，亦是蘇長公之勝友。吾輩常勞夢想，應有宿緣。哦曲江詩（曲江張九齡有〈庭梅吟〉），便見孤芳風韻；讀〈廣平賦〉，尚思鐵石心腸。共策灞水之驢，且向斷橋踏雪；遙瞻漆園之蝶，群來林墓尋梅。莫負佳期，用追芳躅。

張岱〈林和靖墓柱銘〉：

雲出無心，誰放林間雙鶴。
月明有意，即思塚上孤梅。

關王廟

北山兩關王廟。其近岳墳者，萬曆十五年為杭民施如忠所建。如忠客燕，涉潞河，颶風作，舟將覆，恍惚見王率諸河神拯救獲免，歸即造廟祝之，並祀諸河神。塚宰張瀚記之。其近孤山者，舊祠卑隘。萬曆四十二年，金中丞為導首鼎新之。太史董其昌手書碑石記之，其詞曰：「西湖列剎相望，梵宮之外，其合於祭法者，岳鄂王、于少保與關神而三爾。甲寅秋，神宗皇帝夢感聖母中夜傳詔，封神為伏魔帝君，易兜鍪而袞冕，易大纛而九斿。五帝同尊，萬靈受職。視操、懿、莽、溫偶奸大物，生稱賊臣，死墮下鬼，何啻天淵。顧舊祠湫隘，不稱詔書播告之意。金中丞父子爰議鼎新，時維導首，得孤山寺舊址，度材壘土，勒牆墉，莊像設，先後三載而落成。中丞以余實倡議，屬余記之。余考孤山寺，且名永福寺。唐長慶四年，有僧刻《法華》於石壁。會元微之以守越州，道出杭，而杭守白樂天為作記。有九諸侯率錢助工，其盛如此。成燬有數，金石可磨，越數百年而祠帝君。以釋典言之，則舊寺非所謂現天大將軍身，而今祠非所謂現帝釋身者耶。至人舍其生而生在，殺其身而身存。孔曰成仁，孟曰取義，與《法華》一大事之旨何異也。彼謂忠臣義士猶待坐蒲團、修觀行而後了生死者，妄矣。然則石壁巋然，而石經初未泐也。頃者四川殲叛，神為助力，事達宸聰，非同語怪。惟遼西黠鹵尚緩天誅，帝君能報曹而有不報神宗者乎？左挾鄂王，右挾少保，驅雷部，擲火鈴，昭陵之鐵馬嘶風，蔣廟之塑兵濡露，諒蕩魔皆如蜀道矣。先是金中丞撫閩，藉神之告，屢殲倭夷，上功盟府，故建祠之費，視眾差巨，蓋有夙意云。」寺中規制精雅，廟貌莊嚴，兼之碑碣清華，柱聯工確，一以文理為之，較之施廟，其雅俗真隔天壤。

董其昌〈孤山關王廟柱銘〉：

忠能擇主，鼎足分漢室君臣。
德必有鄰，把臂呼岳家父子。

宋兆綸〈關帝廟柱聯〉：

從真英雄起家，直參聖賢之位。
以大將軍得度，再現帝王之身。

張岱〈關帝廟柱對〉：

統系讓偏安，當代天王歸漢室。
春秋明大義，後來夫子屬關公。

蘇小小墓

蘇小小者，南齊時錢塘名妓也。貌絕青樓，才空士類，當時莫不豔稱。以年少早卒，葬於西泠之塢。芳魂不歿，往往花間出現。宋時有司馬槱者，字才仲，在洛下夢一美人，搴帷而歌，問其名，曰：「西陵蘇小小也。」問歌何曲？曰：「《黃金縷》。」後五年，才仲以東坡薦舉，為秦少章幕下官，因道其事。少章異之，曰：「蘇小之墓，今在西泠，何不酹酒弔之。」才仲往尋其墓拜之。是夜，夢與同寢，曰：「妾願酬矣。」自是幽昏三載，才仲亦卒於杭，葬小小墓側。

西陵〈蘇小小〉詩：

妾乘油壁車，郎跨青驄馬。何處結同心，西陵松柏下。

又詞：

妾本錢塘江上住，花落花開，不管流年度。燕子銜將春色去，紗窗幾陣黃梅雨。
斜插玉梳雲半吐，檀板輕敲，唱徹《黃金縷》。夢斷彩雲無覓處，夜涼明月生南浦。

李賀〈蘇小小〉詩：

幽蘭露，如啼眼。無物結同心，煙花不堪剪。草如茵，松如蓋。風為裳，水為珮。
油壁車，久相待。冷翠燭，勞光彩。
西陵下，風吹雨。

沈原理〈蘇小小歌〉：

歌聲引迴波，舞衣散秋影。夢斷別青樓，千秋香骨冷。青銅鏡裡雙飛鸞，饑烏弔月啼勾欄。風吹野火火不滅，山妖笑入狐狸穴。西陵墓下錢塘潮，潮來潮去夕復朝。墓前楊柳不堪折，春風自綰同心結。

元遺山〈題蘇小像〉：

槐蔭庭院宜清晝，簾捲香風透。美人圖畫阿誰留，都是宣和名筆內家收。　鶯鶯燕燕分飛後，粉淺梨花瘦。只除蘇小不風流，斜插一枝萱草鳳釵頭。

徐渭〈蘇小小墓〉詩：

一坏蘇小是耶非，繡口花腮爛舞衣。
自古佳人難再得，從今比翼罷雙飛。
薤邊露眼啼痕淺，松下同心結帶稀。
恨不顛狂如大阮，欠將一曲慟兵閨。

陸宣公祠

孤山何以祠陸宣公也？蓋自陸少保炳為世宗乳母之子，攬權怙寵，自謂系出宣公，創祠祀之。規制宏敞，吞吐湖山。臺榭之盛，概湖無比。炳以勢焰，孰有美產，即思攫奪。旁有故錦衣王佐別墅壯麗，其孽子不肖，炳乃羅織其罪，勒以獻產。捕及其母，故佐妾也。對簿時，子強辯。母膝行前，道其子罪甚詳。子泣，謂母：「忍陷其死也。」母叱之曰：「死即死，尚何說！」指炳座顧曰：「而父坐此非一日，作此等事亦非一日，而生汝不肖子，天道也，汝死猶晚！」炳頗發赤，趣遣之出，弗終奪。炳物故，祠沒入官，以名賢得不廢。隆慶間，御史謝廷傑以其祠後增祀兩浙名賢，益以嚴光、林逋、趙忭、王十朋、呂祖謙、張九成、楊簡、宋濂、王琦、章懋、陳選。會稽進士陶允宜，以其父陶大臨自製牌版，令人匿之懷中，竊置其旁。時人笑其癡孝。

祁彪佳〈陸宣公祠〉詩：

東坡佩服宣公疏，俎豆西泠蘋藻香。
泉石蒼涼存意氣，山川開滌見文章。
畫工界畫增金碧，廟貌巍峨見裔皇。
陸炳湖頭誇勢焰，崇韜乃敢認汾陽。

六一泉

六一泉在孤山之南，一名竹閣，一名勤公講堂。宋元祐六年，東坡先生與惠勤上人同哭歐陽公處也。勤上人講堂初構，掘地得泉，東坡為作泉銘。以兩人皆列歐公門下，此泉方出，適哭公訃，名以六一，猶見公也。其徒作石屋覆泉，且刻銘其上。南渡高宗為康王時，常使金，夜行，見四巨人執殳前驅。登位後，問方士，乃言紫薇垣有四大將，曰：天蓬、天猷、翊聖、真武。帝思報之，遂廢竹閣，改延祥觀，以祀四巨人。至元初，世祖又廢觀為帝師祠。泉沒于二氏之居二百餘年。元季兵火，泉眼復見，但石屋已圮，而泉銘亦為鄰僧舁去。洪武初，有僧名行升者，鋤荒滌垢，圖復舊觀。仍樹石屋，且求泉銘，復於故處。乃欲建祠堂，以奉祀東坡、勤上人，以參寥故事，力有未逮。教授徐一夔為作疏曰：「睠茲勝地，實在名邦。勤上人於此幽棲，蘇長公因之數至。跡分緇素，同登歐子之門；誼重死生，會哭孤山之下。惟精誠有感通之理，故山嶽出迎勞之泉。名聿表於懷賢，忱式昭於薦菊。雖存古跡，必肇新祠。此舉非為福田，實欲共成勝事。儒冠僧衲，請恢雅量以相成；山色湖光，行與高峰而共遠。願言樂助，毋誚濫竽。」

蘇軾〈六一泉銘〉：

歐陽文忠公將老，自謂六一居士。予昔通守錢塘，別公於汝陰而南。公曰：「西湖僧惠勤甚文而長於詩。吾昔為〈山中樂〉三章以贈之。子閒於民事，求人於湖山間而不可得，則往從勤乎？」予到官三日，訪勤於孤山之下，抵掌而論人物，曰：「六一公，天人也。人見其暫寓人間，而不知其乘雲馭風，歷五嶽而跨滄海也。此邦之人，以公不一來為恨。公麾斥八極，何所不至。雖江山之勝，莫適為主，而奇麗秀絕之氣，常為能文者用。故吾以為西湖蓋公几案間一物耳。」勤語雖怪幻，而理有實然者。明年公薨，予哭於勤舍。又十八年，予為錢塘守，則勤亦化去久矣。訪其舊居，則弟子二仲在焉。畫公與勤像，事之如生。舍下舊無泉，予未至數月，泉出講堂之後，孤山之趾，汪然溢流，甚白而甘。即其地鑿巖架石為室。二仲謂：「師聞公來，出泉以相勞苦，公可無言乎？」乃取勤舊語，推本其意，名之曰「六一泉」。且銘之曰：「泉之出也，去公數千里，後公之沒十八年，而名之曰『六一』，不幾於誕乎？曰：君子之澤，豈獨五世而已，蓋得其人，則可至於百傳。常試與子登孤山而望吳越，歌山中之樂而飲此水，則公之遺風餘烈，亦或見於此泉也。」

白居易〈竹閣〉詩：

晚坐松簷下，宵眠竹閣間。清虛當服藥，幽獨抵歸山。
巧未能勝拙，忙應不及閒。無勞事修煉，只此是玄關。

葛嶺

葛嶺者，葛仙翁稚川修仙地也。仙翁名洪，號抱樸子，句容人也。從祖葛玄，學道得仙術，傳其弟子鄭隱。洪從隱學，盡得其秘。上黨鮑玄妻以女。咸和初，司徒導招補主簿，于寶薦為大著作，皆同辭。聞交趾出丹砂，獨求為勾漏令。行至廣州，刺史鄭嶽留之，乃煉丹于羅浮山中。如是者積年。一日，遺書嶽曰：「當遠遊京師，剋期便發。」嶽得書，狼狽往別，而洪坐至日中，兀然若睡，卒年八十一。舉屍入棺，輕如蟬蛻，世以為尸解仙去。智果寺西南為初陽臺，在錦塢上，仙翁修煉於此。臺下有投丹井，今在馬氏園。宣德間大旱，馬氏甃井得石匣一，石瓶四。匣固不可啟。瓶中有丸藥若芡實者，啖之，絕無氣味，乃棄之。施漁翁獨啖一枚，後年百有六歲。浚井後，水遂淤惡不可食，以石匣投之，清洌如故。

祁豸佳〈葛嶺〉詩：

抱朴游仙去有年，如何姓氏至今傳。
釣臺千古高風在，漢鼎雖遷尚姓嚴。
勾漏靈砂世所稀，攜來烹煉作刀圭。
若非漁子年登百，幾使還丹變井泥。
平章甲第半湖邊，日日笙歌入畫船。

循州一去如煙散，葛嶺依然還稚川。
葛嶺孤山隔一丘，昔年放鶴此山頭。
高飛莫出西山缺，嶺外無人勿久留。

蘇公堤

杭州有西湖，潁上亦有西湖，皆為名勝，而東坡連守二郡。其初得潁，潁人曰：「內翰只消遊湖中，便可以了公事。」秦太虛因作一絕云：「十里荷花菡萏初，我公身至有西湖。欲將公事湖中了，見說官閒事亦無。」後東坡到潁，有謝執政啟云：「入參兩禁，每玷北扉之榮；出典二邦，迭為西湖之長。」故其在杭，請濬西湖，聚葑泥，築長堤，自南之北，橫截湖中，遂名蘇公堤。夾植桃柳，中為六橋。南渡之後，鼓吹樓船，頗極華麗。後以湖水漱齧，堤漸淩夷。入明，成化以前，裡湖盡為民業，六橋水流如線。正德三年，郡守楊孟瑛闢之，西抵北新堤為界，增益蘇堤，高二丈，闊五丈三尺，增建裡湖六橋，列種萬柳，頓復舊觀。久之，柳敗而稀，堤亦就圮。嘉靖十二年，縣令王釴令犯罪輕者種桃柳為贖，紅紫燦爛，錯雜如錦。後以兵火，砍伐殆盡。萬曆二年，鹽運使朱炳如復植楊柳，又復燦然。迨至崇禎初年，堤上樹皆合抱。太守劉夢謙與士夫陳生甫輩時至。二月，作勝會於蘇堤。城中括羊角燈、紗燈幾萬盞，遍掛桃柳樹上，下以紅氈鋪地，冶童名妓，縱飲高歌。夜來萬蠟齊燒，光明如晝。湖中遙望堤上萬蠟，湖影倍之。簫管笙歌，沉沉昧旦。傳之京師，太守鐫級。因想東坡守杭之日，春時每遇休暇，必約客湖上，早食於山水佳處。飯畢，每客一舟，令隊長一人，各領數妓，任其所之。晡後鳴鑼集之，復會望湖亭或竹閣，極歡而罷。至一、二鼓，夜市猶未散，列燭以歸。城中士女夾道雲集而觀之。此真曠古風流，熙世樂事，不可復追也已。

張京元〈蘇堤小記〉：

蘇堤度六橋，堤兩旁盡種桃柳，蕭蕭搖落。想二三月，柳葉桃花，遊人闐塞，不若此時之為清勝。

李流芳〈題兩峰罷霧圖〉：

三橋龍王堂，望西湖諸山，頗盡其勝。煙林霧障，映帶層疊；淡描濃抹，頃刻百態。非董、巨妙筆，不足以發其氣韻。余在小築時，呼小舟槳至堤上，縱步看山，領略最多。然動筆便不似甚矣，氣韻之難言也。予友程孟暘〈湖上題畫〉詩云：「風堤露塔欲分明，閣雨縈陰兩未成。我試畫君團扇上，船窗含墨信風行。」此景此詩，此人此畫，俱屬可想。

癸丑八月清暉閣題。

蘇軾〈築堤〉詩：

六橋橫截天漢上，北山始與南屏通。
忽驚二十五萬丈，老葑席捲蒼煙空。
昔日珠樓擁翠鈿，女牆猶在草芊芊。
東風第六橋邊柳，不見黃鸝見杜鵑。

又詩：惠勤、惠思皆居孤山。蘇子倅郡，以臘日訪之，作詩云：

天欲雪時雲滿湖，樓臺明滅山有無。
水清石出魚可數，林深無人鳥相呼。
臘月不歸對妻孥，名尋道人實自娛。
道人之居在何許，寶雲山前路盤紆。
孤山孤絕誰肯廬，道人有道山不孤。
紙窗竹屋深自暖，擁褐坐睡依團蒲。
天寒路遠愁僕夫，整駕催歸及未晡。
出山回望雲水合，但見野鶴盤浮屠。

茲遊淡泊歡有餘，到家恍如夢蘧蘧。
作詩火急追亡逋，清景一失後難摹。

王世貞〈泛湖度六橋堤〉詩：

拂幰鶯啼出谷頻，長堤夭矯跨蒼旻。
六橋天闊爭虹影，五馬飆開散曲塵。
碧水乍搖如轉盼，青山初沐競舒顰。
莫輕楊柳無情思，誰是風流白舍人？

李鑾龍〈西湖〉詩：

花柳曾聞暗六橋，近來遊舫甚蕭條。
折殘畫閣堤邊失，倒入山光波上搖。
秋水湖心眸一點，夜潭塔影黛雙描。
蘭亭感慨今移此，癡對雷峰話寂寥。

湖心亭

湖心亭舊為湖心寺，湖中三塔，此其一也。明弘治間，按察司僉事陰子淑，秉憲甚厲。寺僧怙鎮守中官，杜門不納官長。陰廉其奸事，燬之，並去其塔。嘉靖三十一年，太守孫孟尋遺跡，建亭其上。露臺畝許，周以石欄，湖山勝概，一覽無遺。數年尋圮。萬曆四年，僉事徐廷祼重建。二十八年，司禮監孫東瀛改為清喜閣，金碧輝煌，規模壯麗，遊人望之如海市蜃樓。煙雲吞吐，恐滕王閣、岳陽樓俱無甚偉觀也。春時，山景、睺羅、書畫、古董，盈砌盈階，喧闐擾嚷，聲息不辨。夜月登此，闃寂淒涼，如入鮫宮海藏。月光晶沁，水氣滃之，人稀地僻，不可久留。

張京元〈湖心亭小記〉：

湖心亭，雄麗空闊。時晚照在山，倒射水面，新月掛東，所不滿者半規，金盤玉餅，與夕陽彩翠，重輪交網，不覺狂叫欲絕。恨亭中四字匾、隔句對聯，填楣盈棟，安得借咸陽一炬，了此業障。

張岱〈湖心亭小記〉：

崇禎五年十二月，余住西湖。大雪三日，湖中人鳥聲俱絕。是日更定矣，余拏一小舟，擁毳衣爐火，獨往湖心亭看雪。霧凇沆碭，天與雲、與山、與水，上下一白。湖上影子，惟長堤一痕，湖心亭一點，與余舟一芥，舟中人兩三粒而已。到亭上，有兩人鋪氈對坐，一童子燒酒，爐正沸。見余大驚喜，曰：「湖中焉得更有此人！」拉余同飲。余強飲三大白而別。問其姓氏，是金陵人，客此。及下船，舟子喃喃曰：「莫說相公癡，更有癡似相公者。」

胡來朝〈湖心亭柱銘〉：

四季笙歌，尚有窮民悲夜月。
六橋花柳，深無隙地種桑麻。

鄭燁〈湖心亭柱銘〉：

亭立湖心，儼西子載扁舟，雅稱雨奇晴好。
席開水面，恍東坡遊赤壁，偏宜月白風清。

張岱〈清喜閣柱對〉：

如月當空，偶似微雲點河漢。

在人為目，且將秋水剪瞳神。

放生池

宋時有放生碑，在寶石山下。蓋天禧四年，王欽若請以西湖為放生池，禁民網捕，郡守王隨為之立碑也。今之放生池，在湖心亭之南。外有重堤，朱欄屈曲，橋跨如虹，草樹蓊翳，尤更岑寂。古云：三潭印月，即其地也。春時遊舫如鶩，至其地者，百不得一。其中佛舍甚精，複閣重樓，迷禽闇日，威儀肅潔，器鉢無聲。但恨魚牢幽閉，漲膩不流，劂鬐缺鱗，頭大尾脊，魚若能言，其苦萬狀。以理揆之，孰若縱壑開樊，聽其游泳，則物性自遂，深恨俗僧難與解釋耳。昔年余到雲棲，見雞鵝豚羖，共牢飢餓，日夕挨擠，墮水死者不計其數。余向蓮池師再四疏說，亦謂不能免俗，聊復爾爾。後見兔鹿猢猻亦受禁鎖，余曰：「雞鳧豚羖，皆藉食於人，若兔鹿猢猻，放之山林，皆能自食，何苦鎖禁，待以胥縻。」蓮師大笑，悉為撤禁，聽其所之，見者大快。

陶望齡〈放生池〉詩：

介盧曉牛鳴，冶長識雀噦。吾願天耳通，達此音聲類。
群魚泣妻妾，雞鶩呼弟妹。不獨死可哀，生離亦可慨。
閩語既嚶咿，吳聽了難會。寧聞閩人肉，忍作吳人膾。
可憐登陸魚，噞喁向人誶。人曰魚口瘖，魚言人耳背。
何當破網羅，施之以無畏。
昔有二勇者，操刀相與酤。曰子我肉也，奚更求食乎。
互割還互啖，彼盡我亦屠。食彼同自食，舉世嗤其愚。
還語血食人，有以異此無？

吳越王錢鏐於西湖上稅漁，名「使宅漁」。一日，羅隱入謁，壁有磻溪垂釣圖，王命題之。題云：「呂望當年展廟謨，直鉤釣國又何如？假令身住西湖上，也是應供使宅魚。」王即罷漁稅。

放生池柱對：

天地一網罟，欲度眾生誰解脫。
飛潛皆性命，但存此念即菩提。

醉白樓

杭州刺史白樂天嘯傲湖山時，有野客趙羽者，湖樓最暢，樂天常過其家，痛飲竟日，絕不分官民體。羽得與樂天通往來，索其題樓。樂天即顏之曰「醉白」。在茅家埠，今改吳莊。一松蒼翠，飛帶如虬，大有古色，真數百年物。當日白公，想定盤礴其下。

倪元璐〈醉白樓〉詩：

金沙深處白公堤，太守行春信馬蹄。
冶艷桃花供祗應，迷離煙柳藉提攜。
閒時風月為常主，到處鷗鳧是小傒。
野老偶然同一醉，山樓何必更留題。

小青佛舍

小青，廣陵人。十歲時遇老尼，口授《心經》，一過成誦。尼曰：「是兒早慧福薄，乞付我作弟子。」母不許。長好讀書，解音律，善奕棋。誤落武林富人，為其小婦。大婦奇妒，凌逼萬狀。一日攜小青往天竺，大婦曰：「西方佛無量，乃世獨禮大士，何耶？」小青曰：「以慈悲故耳。」大婦笑曰：「我亦慈悲若。」乃匿之孤山佛舍，令一尼與俱。小青無事，輒臨池自照，好與影語，絮絮如問答，人見輒止。故其詩有「瘦影自臨春水照，卿須憐我我憐卿」之句。後病瘵，絕粒，日飲梨汁少許，奄奄待盡。乃呼畫師寫照，更換再三，都不謂似。後畫師注視良久，匠意妖纖。乃曰：「是矣。」以梨酒供之榻前，連呼：「小青！小青！」一慟而絕，年僅十八。遺詩一帙。大婦聞其死，立至佛舍，索其圖並詩焚之，遽去。

小青〈拜慈雲閣〉詩：

稽首慈雲大士前，莫生西土莫生天。
願將一滴楊枝水，灑作人間並蒂蓮。

又〈拜蘇小小墓〉詩：

西冷芳草綺粼粼，內信傳來喚踏青。
杯酒自澆蘇小墓，可知妾是意中人。

卷四

西湖南路

柳洲亭

柳洲亭，宋初為豐樂樓。高宗移汴民居杭地嘉、湖諸郡，時歲豐稔，建此樓以與民同樂，故名。門以左，孫東瀛建問水亭。高柳長堤，樓船畫舫會合亭前，雁次相綴。朝則解維，暮則收纜。車馬喧闐，騶從嘈雜，一派人聲，擾嚷不已。堤之東盡為三義廟。過小橋折而北，則吾大父之寄園、銓部戴斐君之別墅。折而南，則錢麟武閣學、商等軒塚宰、祁世培柱史、余武貞殿撰、陳襄範掌科各家園亭，鱗集於此。過此，則孝廉黃元辰之池上軒、富春周中翰之芙蓉園，比閭皆是。今當兵燹之後，半椽不剩，瓦礫齊肩，蓬蒿滿目。李文叔作《洛陽名園記》，謂以名園之興廢，卜洛陽之盛衰；以洛陽之盛衰，卜天下之治亂。誠哉言也！余於甲午年，偶涉於此，故宮離黍，荊棘銅駝，感慨悲傷，幾效桑苧翁之遊苕溪，夜必慟哭而返。

張杰〈柳洲亭〉詩：

誰為鴻濛鑿此陂，湧金門外即瑤池。
平沙水月三千頃，畫舫笙歌十二時。
今古有詩難絕唱，乾坤無地可爭奇。
溶溶漾漾年年綠，銷盡黃金總不知。

王思任〈問水亭〉詩：

我來一清步，猶未拾寒煙。燈外兼星外，沙邊更檻邊。孤山供好月，高雁語空天。辛苦西湖水，人還即熟眠。

趙汝愚〈豐樂樓柳梢青〉詞：

水月光中，煙霞影裡，湧出樓臺。空外笙簫，雲間笑語，人在蓬萊。天香暗逐風回，正十里荷花盛開。買個小舟，山南遊遍，山北歸來。

靈芝寺

靈芝寺，錢武肅王之故苑也。地產靈芝，舍以為寺。至宋而規制寖宏，高、孝兩朝四臨幸焉。內有浮碧軒、依光堂，為新進士題名之所。元末燬，明永樂初僧竺源再造，萬曆二十二年重修。余幼時至其中看牡丹，幹高丈餘，而花蕊爛熳，開至數千餘朵，湖中誇為盛事。寺畔有顯應觀，高宗以祀崔府君也。崔名子玉，唐貞觀間為磁州滏陽令，有異政，民生祠之，既卒，為神。高宗為康王時，避金兵，走鉅鹿，馬斃，冒雨獨行，路值三岐，莫知所往。忽有白馬在道，鞚馭乘之，馳至崔祠，馬忽不見。但見祠馬赭汗如雨，遂避宿祠中。夢神以杖擊地，促其行。趨出門，馬復在戶，乘至斜橋，會耿仲南來迎，策馬過澗，見水即化。視之，乃崔府君祠中泥馬也。及即位，立祠報德，累朝崇奉異常。六月六日是其生辰，遊人闐塞。

張岱〈靈芝寺〉詩：

項羽曾悲騅不逝，活馬猶然如泥塑。
焉有泥馬去如飛，等閒直至黃河渡。
一堆龍骨蛻厓前，迢遞芒碭迷雲路。
煢煢一介走亡人，身陷柏人脫然過。
建炎尚是小朝廷，百靈亦復加呵護。

錢王祠

錢鏐，臨安石鑒鄉人，驍勇有謀略。壯而微，販鹽自活。唐僖宗時，平浙寇王仙芝，拒黃巢，滅董昌，積功自顯。梁開平元年，封鏐為吳越王。有諷鏐拒梁命者，鏐笑曰：「吾豈失一孫仲謀耶！」遂受之。改其鄉為臨安縣，軍為錦衣軍。是年，省塋壟，延故老，旌鉞鼓吹，振耀山谷。自昔遊釣之所，盡蒙以錦繡，或樹石至有封官爵者，舊貿鹽擔，亦裁錦韜之。一鄰媼九十餘，攜壺泉迎於道左，鏐下車亟拜。媼撫其背，以小字呼之曰：「錢婆留，喜汝長成。」蓋初生時，光怪滿室，父懼，將沉於了溪，此媼苦留之，遂字焉。為牛酒大陳，以飲鄉人；別張蜀錦為廣幄，以飲鄉婦。年上八十者飲金爵，百歲者飲玉爵。鏐起勸酒，自唱還鄉歌以娛賓，曰：「玉節還鄉兮掛錦衣，父老遠近來相隨。斗牛光起天無欺，吳越一王駟馬歸。」時將築宮殿，望氣者言：「因故府大之，不過百年；填西湖之半，可得千年。」武肅笑曰：「焉有千年而其中不出真主者乎？奈何困吾民為！」遂弗改造。宋熙寧間，蘇子瞻守郡，請以龍山廢祠妙音院者，改為表忠觀以祀之。今廢。明嘉靖三十九年，督撫胡宗憲建祠於靈芝寺址，塑三世五王像，春秋致祭，令其十九世孫德洪者守之。郡守陳柯重鐫表忠觀碑記於祠。

蘇軾〈表忠觀碑記〉：

熙寧十年十月戊子，資政殿大學士、右諫議大夫、知杭州軍事臣抃言：「故越國王錢氏墳廟，及其父、祖、妃、夫人、子孫之墳，在錢塘者二十有六，在臨安者十有一，皆蕪穢不治，父老過之，有流涕者。謹按：故武肅王鏐，始以鄉兵破走黃巢，名聞江淮。復以八都兵討劉漢宏，並越州以奉董昌，而自居於杭。及昌以越叛，則誅昌而並越，盡有浙東西之地，傳其子文穆王元瓘。至其孫忠獻王仁佐，遂破李景兵而取福州。而仁佐之弟忠懿王俶又大出兵攻景，以迎周世宗之師，其後，卒以國入覲。三世四王，與五代相為終始。

天下大亂，豪傑蜂起，方是時，以數州之地盜名字者不可勝數，既覆其族，延及於無辜之民，罔有子遺。而吳越地方千里，帶甲十萬，鑄山煮海，象犀珠玉之富甲於天下，然終不失臣節，貢獻相望於道。是以其民至於老死不識兵革，四時嬉遊，歌舞之聲相聞，至於今不廢。其有德於斯民甚厚。皇帝受命，四方僭亂，以次削平。西蜀江南，負其險遠，兵至城下，力屈勢窮，然後束手。而河東劉氏百戰守死，以抗王師，積骸為城，灑血為池，竭天下之力，僅乃克之。獨吳越不待告命，封府庫，籍郡縣，請吏於朝，視去國如傳舍，其有功於朝廷甚大。昔竇融以河西歸漢，光武詔右扶風修其父祖墳塋，祀以太牢。今錢氏功德殆過於融，而未及百年，墳廟不治，行道傷嗟，甚非所以勸獎忠臣、慰答民心之義也。臣願以龍山廢佛寺曰妙音院者為觀，使錢氏之孫為道士曰自然者居之。凡墳廟之在錢塘者，以付自然。其在臨安者，以付其縣之淨土寺僧曰道微。歲各度其徒一人，使世掌之。籍其地之所入，以時修其祠宇，封植其草木。有不治者，縣令亟察之，甚者，易其人，庶幾永終不墮，以稱朝廷待錢氏之意。臣抃昧死以聞。」制曰：可。其妙音院賜改名表忠觀。

　銘曰：天目之山，苕水出焉。龍飛鳳舞，萃於臨安。篤生異人，絕類離群。奮挺大呼，從者如雲。仰天誓江，月星晦蒙。強弩射潮，江海為東。殺宏誅昌，奄有吳越。金券玉冊，虎符龍節。大城其居，包絡山川。左江右湖，控引島蠻。歲時歸休，以燕父老。曄如神人，玉帶毬馬。四十一年，寅畏小心。厥篚相望，大貝南金。五胡昏亂，罔堪托國。三王相承，以符有德。既獲所歸，弗謀弗諮。先王之志，我維行之。天祚忠孝，世有爵邑。允文允武，子孫千億。帝謂守臣，治其祠墳。毋俾樵牧，愧其後昆。龍山之陽，巋焉斯宮。匪私於錢，惟以勸忠。非忠無君，非孝無親。凡百有位，視此刻文。

張岱〈錢王祠〉詩：

扼定東南十四州，五王並不事兜鍪。
英雄毬馬朝天子，帶礪山河擁冕旒。
大樹千株被錦紱，錢塘萬弩射潮頭。
五胡紛擾中華地，歌舞西湖近百秋。

又〈錢王祠柱銘〉：

力能分土，提鄉兵殺宏誅昌；一十四州，雞犬桑麻，撐住東南半壁。志在順天，求真主迎周歸宋；九十八年，象犀筐篚，混同吳越一家。

淨慈寺

淨慈寺，周顯德元年錢王俶建，號慧日永明院，迎衢州道潛禪師居之。潛嘗欲向王求金鑄十八阿羅漢，未白也。王忽夜夢十八巨人隨行。翌日，道潛以請，王異而許之，始作羅漢堂。宋建隆初，禪師延壽以佛祖大意，經綸正宗，撰《宗鏡錄》一百卷，遂作宗鏡堂。熙寧中，郡守陳襄延僧宗本居之。歲旱，湖水盡涸。寺西隅甘泉出，有金色鰻魚游焉，因鑿井，寺僧千餘人飲之不竭，名曰圓照井。南渡時，燬而復建，僧道容鳩工五歲始成。塑五百阿羅漢，以田字殿貯之。紹興九年，改賜淨慈報恩光化寺額。復燬。孝宗時，一僧募緣修殿，日饜酒肉而返，寺僧問其所募錢幾何，曰：「盡飽腹中矣。」募化三年，簿上佈施金錢，一一開載明白。一日，大喊街頭曰：「吾造殿矣。」復置酒肴，大醉市中，揠喉大嘔，撒地皆成黃金，眾緣自是畢集，而寺遂落成。僧名濟顛。識者曰：「是即永明後身也。」嘉泰間，復燬，再建於嘉定三年。寺故閎大，甲於湖山。翰林程珌記之，有「濕紅映地，飛翠侵霄，簷轉鸞翎，階排雁齒。星垂珠網，寶殿洞乎琉璃；日耀璇題，金椽聳乎玳瑁」之語。時宰官建議，以京輔佛寺推次甲乙，尊表五山，為諸剎綱領，而淨慈與焉。先是，寺僧艱汲，擔水湖濱。紹定四年，僧法薰以錫杖扣殿前地，出泉二派，鑿為雙井，水得無缺。淳祐十年，建千佛閣，理宗書「華嚴法界正偏知閣」八字賜之。元季，湖寺盡燬，而茲寺獨存。明洪武間燬，僧法淨重建。正統間復燬，僧宗妙復建。萬曆二十年，司禮監孫隆重修，鑄鐵鼎，葺鐘樓，構井亭，架棹楔。永樂間，建文帝隱遁於此，寺中有其遺像，狀貌魁偉，迴異常人。

袁宏道〈蓮花洞小記〉：

蓮花洞之前為居然亭。亭軒豁可望，每一登覽，則湖光獻碧，鬚眉形影，如落鏡中。六橋楊柳一絡，牽風引浪，蕭疏可愛。晴雨煙月，風景互異，淨慈之絕勝處也。洞石玲瓏若生，巧逾雕鏤。余常謂：吳山南屏一派皆石骨土膚，中空四達，愈搜愈出。近若宋氏園亭，皆搜得者。又紫陽宮石，為孫內使搜出者甚多。噫，安得五丁神將，挽錢塘江水，將塵泥洗盡，出其奇奧，當何如哉！

王思任〈淨慈寺〉詩：

淨寺何年出，西湖長翠微。佛雄香較細，雲飽綠交肥。
巖竹支僧閣，泉花蹴客衣。酒家蓮葉上，鷗鷺往來飛。

小蓬萊

小蓬萊在雷峰塔右，宋內侍甘升園也。奇峰如雲，古木蓊蔚，理宗常臨幸。有御愛松，蓋數百年物也。自古稱為小蓬萊。石上有宋刻「青雲巖」、「鼇峰」等字。今為王貞父先生讀書之地，改名「寓林」，題其石為「奔雲」。余謂「奔雲」得其情，未得其理。石如滇茶一朵，風雨落之，半入泥土，花瓣棱棱，三四層折。人走其中，如蝶入花心，無鬚不綴。色黝黑如英石，而苔蘚之古，如商彝周鼎入土千年，青綠徹骨也。貞父先生為文章宗匠，門人數百人。一時知名士，無不出其門下者。余幼時從大父訪先生。先生面黧黑，多髭鬚，毛頰，河目海口，眉棱鼻樑，張口多笑。交際酬酢，八面應之。耳聆客言，目睹來牘，手書回札，口囑傒奴，雜遝於前，未嘗少錯。客至，無貴賤，便肉、便飯食之，夜即與同榻。余一書記往，頗穢惡，先生寢食之無異也。天啟丙寅，余至寓林，亭榭傾圮，堂中窀先生遺蛻，不勝人琴之感。今當丁酉，再至其地，牆圍俱倒，竟成瓦礫之場。余欲築室於此，以為東坡先生專祠，往鬻其地，而主人不肯。但林木俱無，苔蘚盡剝。「奔雲」一石，亦殘缺失次，十去其五。數年之後，必鞠為茂草，盪為冷煙矣。菊水桃源，付之一想。

張岱〈小蓬萊奔雲石〉詩：

滇茶初著花，忽為風雨落。簇簇起波棱，層層界輪廓。
如蝶綴花心，步步堪咀嚼。薜蘿雜松楸，陰翳罩輕幕。
色同黑漆古，苔斑解竹籜。土繡鼎彝文，翡翠兼丹雘。
雕琢真鬼工，仍然歸渾樸。須得十年許，解衣恣盤礴。
況遇主人賢，胸中有丘壑。此石是寒山，吾語爾能諾。

雷峰塔

雷峰者，南屏山之支麓也。穹窿回映，舊名中峰，亦名迴峰。宋有雷就者居之，故名雷峰。吳越王於此建塔，始以十三級為準，擬高千尺。後財力不敷，止建七級。古稱王妃塔。元末失火，僅存塔心。雷峰夕照，遂為西湖十景之一。曾見李長蘅題畫有云：「吾友聞子將嘗言：『湖上兩浮屠，保俶如美人，雷峰如老衲。』予極賞之。辛亥在小築，與沈方回池上看荷花，輒作一詩，中有句云：『雷峰倚天如醉翁』。嚴印持見之，躍然曰：『子將老衲不如子醉翁，尤得其情態也。』蓋余在湖上山樓，朝夕與雷峰相對，而暮山紫氣，此翁頹然其間，尤為醉心。然予詩落句云：『此翁情淡如煙水。』則未嘗不以子將老衲之言為宗耳。癸丑十月醉後題。」

林逋〈雷峰〉詩：

中峰一徑分，盤折上幽雲。夕照前林見，秋濤隔岸聞。
長松標古翠，疏竹動微薰。自愛蘇門嘯，懷賢事不群。

張岱〈雷峰塔〉詩：

聞子狀雷峰，老僧掛偏裻。日日看西湖，一生看不足。
時有薰風至，西湖是酒床。醉翁潦倒立，一口吸西江。
慘澹一雷峰，如何擅夕照。遍體是煙霞，掀髯復長嘯。
怪石集南屏，寓林為其窟。豈是米襄陽，端嚴具袍笏。

包衙莊

西湖之船有樓，實包副使涵所創為之。大小三號：頭號置歌筵，儲歌童；次載書畫；再次侍美人。涵老以聲伎非侍妾比，仿石季倫、宋子京家法，都令見客。常靚妝走馬，媻姍勃窣，穿柳過之，以為笑樂。明檻綺疏，曼謳其下，擫籥彈箏，聲如鶯試。客至，則歌童演劇，隊舞鼓吹，無不絕倫。乘興一出，住必浹旬，觀者相逐，問其所止。南園在雷峰塔下，北園在飛來峰下。兩地皆石藪，積牒磥砢，無非奇峭。但亦借作溪澗橋樑，不於山上疊山，大有文理。大廳以拱斗檯梁，偷其中間四柱，隊舞獅子甚暢。北園作八卦房，園亭如規，分作八格，形如扇面。當其狹處，橫亙一床，帳前後開闔，下裡帳則床向外，下外帳則床向內。涵老據其中，扃上開明窗，焚香倚枕，則八床面面皆出。窮奢極欲，老於西湖者二十年。金谷、郿塢，著一毫寒儉不得，索性繁華到底，亦杭州人所謂「左右是左右」也。西湖大家何所不有，西子有時亦貯金屋。咄咄書空，則窮措大耳。

陳函輝〈南屏包莊〉詩：

獨創樓船水上行，一天夜氣識金銀。
歌喉裂石驚魚鳥，燈火分光入藻蘋。
瀟灑西園出聲伎，豪華金谷集文人。
自來寂寞皆唐突，雖是逋仙亦恨貧。

南高峰

南高峰在南北諸山之界，羊腸佶屈，松篁蔥蒨，非芒鞋布襪，努策支笻，不可陟也。塔居峰頂，晉天福間建，崇寧、乾道兩度重修。元季燬。舊七級，今存三級。塔中四望，則東瞰平蕪，煙銷日出，盡湖中之景。南俯大江，波濤洄洑，舟楫隱見杳靄間。西接巖竇，怪石翔舞，洞穴邃密。其側有瑞應像，巧若鬼工。北矚陵阜，陂陀蔓延，箭櫪叢出，麰麥連雲。山椒巨石屹如峨冠者，名先照壇，相傳道者鎮魔處。峰頂有缽盂潭、穎川泉，大旱不涸，大雨不盈。潭側有白龍洞。

道隱〈南高峰〉詩：

南北高峰兩鬱蔥，朝朝滃浡海煙封。
極顛螺髻飛雲棧，半嶺峨冠怪石供。
三級浮屠巢老鶻，一泓清水豢癡龍。
倘思濟勝煩攜具，布襪芒鞋策短筇。

煙霞石屋

由太子灣南折而上為石屋嶺。過嶺為大仁禪寺，寺左為煙霞石屋。屋高敞虛明，行迤二丈六尺，狀如軒榭，可布几筵。洞上周鐫羅漢五百十六身。其底邃窄通幽，陰翳杳靄。側有蝙蝠洞，蝙蝠大者如鴉，掛搭連牽，互啣其尾。糞作奇臭，古廟高粱，多受其累。會稽禹廟亦然。由山椒右旋為新庵，王子安亹、陳章侯洪綬嘗讀書其中。余往訪之，見石如飛來峰，初經洗出，潔不去膚，雋不傷骨，一洗楊髡鑿佛之慘。峭壁奇峰，忽露生面，為之大快。建炎間，里人避兵其內，數千人皆獲免。嶺下有水樂洞，嘉泰間為楊郡王別圃。壘石築亭，結構精雅。年久蕪穢不治，水樂絕響。賈秋壑以厚直得之，命寺僧深求水樂所以興廢者，不得其說。一日，秋壑往遊，俯睨旁聽，悠然有會，曰：「谷虛而後能應，水激而後能響，今水瀦其中，土壅其外，欲其發響，得乎？」亟命疏壅導豬，有聲從洞澗出，節奏自然。二百年勝概，一日始復。乃築亭，以所得東坡真跡，刻置其上。

蘇軾〈水樂洞小記〉：

錢塘東南有水樂洞，泉流巖中，皆自然宮商。又自靈隱、下天竺而上，至上天竺，溪行兩山間，巨石磊磊如牛羊，其聲空礱然，真若鐘鼓，乃知莊生所謂天籟，蓋無在不有也。

袁宏道〈煙霞洞小記〉：

煙霞洞，亦古亦幽，涼沁入骨，乳汁涔涔下。石屋虛明開朗，如一片雲，欹側而立，又如軒榭，可布几筵。余凡兩過石屋，為傭奴所據，嘈雜若市，俱不得意而歸。

張京元〈石屋小記〉：

石屋寺，寺卑下無可觀。巖下石龕，方廣十笏，遂以屋稱。屋內，好事者置一石榻，可坐。四旁刻石像如傀儡，殊不雅馴。想以幽僻得名耳。出石屋西，上下山坡夾道皆叢桂，秋時著花，香聞數十里，堪稱金粟世界。

又〈煙霞寺小記〉：

煙霞寺在山上，亦荒落，係中貴孫隆易創，頗新整。殿後開宕取土，石骨盡出，巉峭可觀。由殿右稍上兩三盤，經象鼻峰東折數十武，為煙霞洞。洞外小亭踞之，望錢塘如帶。

李流芳〈題煙霞春洞畫〉：

從煙霞寺山門下眺，林壑窈窕，非復人境。李花時尤奇，真瓊林瑤島也。猶記與閒孟、無際，自法相寺至煙霞洞，小憩亭子，渴甚，無從得酒。見兩傖父攜榼至，閒孟口流涎，遽從乞飲，傖父不顧。予輩大怪。偶見梁間惡詩，書一板上，乃抉而擲之。傖父蹌踉而走。念此輒噴飯不已也。

高麗寺

高麗寺本名慧因寺，後唐天成二年，吳越錢武肅王建也。宋元豐八年，高麗國王子僧統義天入貢，因請淨源法師學賢首教。元祐二年，以金書漢譯《華嚴經》三百部入寺，施金建華嚴大閣藏塔以尊崇之。元祐四年，統義天以祭奠淨源為名，兼進金塔二座。杭州刺史蘇軾疏言：「外夷不可使屢入中國，以疏邊防，金塔宜卻弗受。」神宗從之。元延祐四年，高麗沈王奉詔進香幡經於此。至正末燬。洪武初重葺。俗稱高麗寺。礎石精工，藏輪宏麗，兩山所無。萬曆間，僧如通重修。余少時從先宜人至寺燒香，出錢三百，命輿人推轉輪藏，輪轉呀呀，如鼓吹初作。後旋轉熟滑，藏輪如飛，推者莫及。

法相寺

法相寺俗稱長耳相。後唐時，有僧法真，有異相，耳長九寸，上過於頂，下可結頤，號長耳和尚。天成二年，自天臺國清寒巖來遊，錢武肅王待以賓禮，居法相院。至宋乾祐四年正月六日，無疾，坐方丈，集徒眾，沐浴，趺跏而逝。弟子輩漆其真身，供佛龕，謂是定光佛後身。婦女祈求子嗣者，懸幡設供無虛日。以此法相名著一時。寺後有錫杖泉，水盆活石。僧廚香潔，齋供精良。寺前茭白筍，其嫩如玉，其香如蘭，入口甘芳，天下無比。然須在新秋八月，餘時不能也。

袁宏道〈法相寺拜長耳和尚肉身戲題〉：

輪相居然足，漆光與鑒新。神魂知也未，爪齒幻耶真。
骨董休疑容，莊嚴不待人。饒他金與石，到此亦成塵。

徐渭〈法相寺看活石〉：

蓮花不在水，分葉簇青山。徑折雖能入，峰迷不待還。取蒲量石長，問竹到溪灣。莫怪掩斜日，明朝恐未閒。

張京元〈法相寺小記〉：

法相寺不甚麗，而香火駢集。定光禪師，長耳遺蛻，婦人謁之，以為宜男，爭摩頂腹，漆光可鑒。寺右數十武，度小橋，折而上，為錫杖泉。涓涓細流，雖大旱不竭。經流處，僧置一砂缸，挹注供爨。久之，水土鏽結，蒲生其上，厚幾數寸，竟不見缸質，因名蒲缸。倘可鏟置研池爐足，古董家不秦漢不道矣。

李流芳〈題法相山亭畫〉：

去年在法相，有送友人詩云：「十年法相松間寺，此日淹留卻共君。忽忽送君無長物，半間亭子一溪雲。」時與方回、孟暘避暑竹閣，連夜風雨，泉聲轟轟不絕。又有題扇頭小景一詩：「夜半溪閣響，不知風雨歇。起視杳靄間，悠然見微月。」一時會心，不知作何語。今日展此，亦自可思也。壬子十月大佛寺倚醉樓燈下題。

于墳

于墳。于少保公以再造功，受冤身死，被刑之日，陰霾翳天，行路踴歎。夫人流山海關，夢公曰：「吾形殊而魂不亂，獨目無光明，借汝眼光見形於皇帝。」翌日，夫人喪其明。會奉天門災，英廟臨視，公形見火光中。上憫然念其忠，乃詔貸夫人歸。又夢公還眼光，目復明也。公遺骸，都督陳逵密囑瘞藏。繼子冕請葬錢塘祖塋，得旨奉葬於此。成化二年，廷議始白。上遣行人馬璇諭祭。其詞略曰：「當國家之多難，保社稷以無虞；惟公道以自持，為權奸之所害。先帝已知其枉，而朕心實憐其忠。」弘治七年賜諡曰「肅愍」，建祠曰「旌功」。萬曆十八年，改諡「忠肅」。四十二年，御使楊鶴為公增廓祠宇，廟貌巍煥，屬雲間陳繼儒作碑記之。碑曰：「大抵忠臣為國，不惜死，亦不惜名。不惜死，然後有豪傑之敢；不惜名，然後有聖賢之悶。黃河之排山倒海，是其敢也；即能伏流地中萬三千里，又能千里一曲，是其悶也。昔者土木之變，裕陵北狩，公痛哭抗疏，止南遷之議，召勤王之師。鹵擁帝至大同，至宣府，至京城下，皆登城謝曰：『賴天地宗社之靈，國有君矣。』此一見《左傳》：楚人伏兵車，執宋公以伐宋。公子目夷令宋人應之曰：『賴社稷之靈，國已有君矣。』楚人知雖執宋公，猶不得宋國，於是釋宋公。又一見《廉頗傳》：秦王逼趙王會澠池。廉頗送至境曰：『王行，度道里會遇禮畢還，不過三十日，不還，則請立太子為王，以絕秦望。』又再見《王旦傳》：契丹犯邊，帝幸澶州。旦曰：『十日之內，未有捷報，當何如？』帝默然良久，曰：『立皇太子。』三者，公讀書得力處也。由前言之，公為宋之目夷；由後言之，公不為廉頗、旦，何也？嗚呼！茂陵之立而復廢，廢而後當立，誰不知之？公之識，豈出王直、李侃、朱英下？又豈出鍾同、章綸下？蓋公相時度勢，有不當言者，有不必言者。當裕陵在鹵，茂陵在儲，拒父則衛輒，迎父則高宗，戰不可，和不可，無一而可。為制鹵地，此不當言也。裕陵既返，見濟薨，郕王病，天人攸歸，非裕陵而誰？又非茂陵而誰？明率百官，朝請復辟，直以遵晦待時耳，此不必言也。若徐有貞、曹、石奪門之舉，乃變局，非正局；乃劫局，非遲局；乃縱橫家局，非社稷大臣局也。或曰：盍去諸？嗚呼！公何可去也。公在則裕陵安，而茂陵亦安。若公諍之，而公去之，則南宮之錮，不將燭影斧聲乎？東宮之廢後，不將宋之德昭乎？公雖欲調郕王之兄弟，而實密護吾君之父子，乃知回鑾，公功；其他日得以復辟，公功也；復儲亦公功也。人能見所見，而不能見所不見。能見者，豪傑之敢；不能見者，聖賢之悶。敢於任死，而悶於暴君，公真古大臣之用心也哉！」公祠既盛，而四方之祈夢至者接踵，而答如響。

王思任〈弔於忠肅祠〉詩：

涕割西湖水，于墳望岳墳。孤煙埋碧血，太白黯妖氛。
社稷留還我，頭顱擲與君。南城得意骨，何處暮楊聞。

一派笙歌地，千秋寒食朝。白雲心浩浩，黃葉淚蕭蕭。
天柱擎鴻社，人生付鹿蕉。北邙今古諱，幾突麗山椒。

張溥〈弔於忠肅〉詩：

栝柏風嚴辭月明，至今兩袖識書生。
青山魂魄分夷夏，白日鬚眉見太平。
一死錢塘潮尚怒，孤墳岳渚水同清。
莫言軟美人如土，夜夜天河望帝京。

張岱〈于少保祠〉詩：

平生有力濟危川，百二山河去復旋。
宗澤死心援北狩，李綱痛哭止南遷。
澠池立子還無日，社稷呼君別有天。
復辟南宮豈是奪，借公一死取貂蟬。
社稷存亡股掌中，反因罪案見精忠。

以君孤注憂王旦，分我杯羹歸太公。
但使廬陵存外邸，自知冕服返桐宮。
屬鏤賜死非君意，曾道于謙實有功。

楊鶴〈于墳華表柱銘〉：

赤手挽銀河，君自大名垂宇宙。
青山埋白骨，我來何處哭英雄。

又〈正祠柱銘〉：

千古痛錢塘，並楚國孤臣，白馬江邊，怒捲千堆夜雪。
兩朝冤少保，同岳家父子，夕陽亭裡，傷心兩地風波。

董其昌〈于少保祠柱銘〉：

賴社稷之靈，國已有君，自分一腔拋熱血。
竭股肱之力，繼之以死，獨留青白在人間。

張岱〈于少保柱銘〉：

宋室無謀，歲輸鹵數萬幣，和議既成，安得兩宮歸朔漠。漢家鬥智，幸分我一杯羹，挾求非計，不勞三寸返新豐。

張岱〈定香橋小記〉：

甲戌十月，攜楚生住不繫園看紅葉。至定香橋，客不期而至者八人：南京曾波臣，東陽趙純卿，金壇彭天錫，諸暨陳章侯，杭州楊與民、陸九、羅三，女伶陳素芝。余留飲。章侯攜縑素為純卿畫古佛，波臣為純卿寫照，楊與民彈三弦子，羅三唱曲，陸九吹簫。與民復出寸許紫檀界尺，據小梧，用北調說《金瓶梅》一劇，使人絕倒。是夜，彭天錫與羅三、與民串本腔戲，妙絕；與楚生、素芝串調腔戲，又復妙絕。章侯唱村落小歌，余取琴和之，牙牙如語。純卿笑曰：「恨弟無一長，以侑兄輩酒。」余曰：「唐裴將軍旻居喪，請吳道子畫天宮壁度亡母。道子曰：『將軍為我舞劍一回，庶因猛厲，以通幽冥。』旻脫縗衣，纏結，上馬馳驟，揮劍入雲，高十數丈，若電光下射，執鞘承之，劍透室而入，觀者驚慄。道子奮袂如風，畫壁立就。章侯為純卿畫佛，而純卿舞劍，正今日事也。」純卿跳身起，取其竹節鞭，重三十斤，作胡旋舞數纏，大噱而罷。

風篁嶺

風篁嶺，多蒼篔篠簜，風韻淒清。至此，林壑深沉，迥出塵表。流淙活活，自龍井而下，四時不絕。嶺故叢薄荒密。元豐中，僧辨才淬治潔楚，名曰「風篁嶺」。蘇子瞻訪辨才於龍井，送至嶺上，左右驚曰：「遠公過虎溪矣。」辨才笑曰：「杜子有云：與子成二老，來往亦風流。」遂造亭嶺上，名曰「過溪」，亦曰「二老」。子瞻記之，詩云：「日月轉雙轂，古今同一丘。惟此鶴骨老，凜然不知秋。去住兩無礙，人土爭挽留。去如龍出水，雷雨捲潭秋。來如珠還浦，魚鱉爭駢頭。此生暫寄寓，常恐名實浮。我比陶令愧，師為遠公優。送我過虎溪，溪水當逆流。聊使此山人，永記二老遊。」

李流芳〈風篁嶺〉詩：

林壑深沉處，全憑篠簜迷。片雲藏屋裡，二老到雲棲。
學士留龍井，遠公過虎溪。烹來石巖白，翠色映玻璃。

龍井

南山上下有兩龍井。上為老龍井，一泓寒碧，清冽異常，棄之叢薄間，無有過而問之者。其地產茶，遂為兩山絕品。再上為天門，可通三竺。南為九溪，路通徐村，水出江干。其西為十八澗，路通月輪山，水出六和塔下。龍井本名延恩衍慶寺。唐乾祐二年，居民募緣改造為報國看經院。宋熙寧中，改壽聖院，東坡書額。紹興三十一年，改廣福院。淳祐六年，改龍井寺。元豐二年，辨才師自天竺歸老於此，不復出，與蘇子瞻、趙閱道友善。後人建三賢閣祀之，歲久寺圮。萬曆二十三年，司禮孫公重修，構亭軒，築橋，鍬浴龍池，創霖雨閣，煥然一新，遊人駢集。

一片雲

神運石在龍井寺中，高六尺許，奇怪突兀，特立簷下。有木香一架，穿繞竅竇，蟠若龍蛇。正統十三年，中貴李德駐龍井。天旱，令力士淘之。初得鐵牌二十四、玉佛一座、金銀一錠，鑿大宋元豐年號。後得此石，以八十人舁起之。上有「神運」二字，旁多款識，漶漫不可讀，不知何代所鐫，大約皆投龍以祈雨者也。風篁嶺上有一片雲石，高可丈許，青潤玲瓏，巧若鏤刻。松磴盤屈，草莽間有石洞，堆砌工緻巉巖。石後有片雲亭，司禮孫公所構，設石棋枰於前，上鐫「興來臨水敲殘月，談罷吟風倚片雲」之句。遊人倚徙，不忍遽去。

秦觀〈龍井題名記〉：

元豐二年，中秋後一日，余自吳興來杭，東還會稽。龍井有辨才大師，以書邀余入山。比出郭，日已夕，航湖至普寧，遇道人參寥，問龍井所遺籃輿，則曰：「以不時至，去矣。」是夕，天宇開霽，林間月明，可數毫髮。遂棄舟，從參寥策杖並湖而行。出雷峰，度南屏，濯足于惠因澗，入靈石塢，得支徑上風篁嶺，憩於龍井亭，酌泉據石而飲之。自普寧凡經佛寺十五，皆寂不聞人聲。道旁廬舍，燈火隱顯，草木深鬱，流水激激悲鳴，殆非人間之境。行二鼓，始至壽聖院，謁辨才於朝音堂，明日乃還。

張京元〈龍井小記〉：

過風篁嶺，是為龍井，即蘇端明、米海嶽與辨才往來處也。寺北向，門內外修竹琅琅。並在殿左，泉出石罅，甃小圜池，下復為方池承之。池中各有巨魚，而水無腥氣。池淙淙下瀉，繞寺門而出。小坐，與偕亭玩一片雲石。山僧汲水供茗，泉味色俱清。僧容亦枯寂，視諸山迥異。

王穉登〈龍井詩〉：

深谷盤迴入，靈泉鶩沸流。隔林先作雨，到寺不勝秋。
古殿龍王在，空林鹿女遊。一尊斜日下，獨為古人留。

袁宏道〈龍井〉詩：

都說今龍井，幽奇逾昔時。路迂迷舊處，樹古失名兒。
渴仰雞蘇佛，亂參玉版師。破筒分谷水，芟草出秦碑。
數盤行井上，百計引泉飛。畫壁屯雲族，紅欄蝕水衣。
路香茶葉長，畦小藥苗肥。宏也學蘇子，辨才君是非。

張岱〈龍井柱銘〉：

夜壑泉歸，渥窪能致千巖雨。
曉堂龍出，崖石皆為一片雲。

九溪十八澗

九溪在煙霞嶺西，龍井山南。其水屈曲洄環，九折而出，故稱九溪。其地徑路崎嶇，草木蔚秀，人煙曠絕，幽閴靜悄，別有天地，自非人間。溪下為十八澗，地故深邃，即緇流非遺世絕俗者，不能久居。按志，澗內有李巖寺、宋陽和王梅園、梅花徑等跡，今都湮沒無存。而地復遼遠，僻處江干，老於西湖者，各名勝地尋討無遺，問及九溪十八澗，皆茫然不能置對。

李流芳〈十八澗〉詩：

己酉始至十八澗，與孟暘、無際同到徐村第一橋，飯於橋上。溪流淙然，山勢迴合，坐久不能去。予有詩云：「溪九澗十八，到處流活活。我來三月中，春山雨初歇。奔雷與飛霰，耳目兩奇絕。悠然向溪坐，況對山嵯嵲。我欲參雲棲，此中解脫法。善哉汪子言，閒心隨水滅。」無際亦有和余詩，忘之矣。

卷五

西湖外景

西溪

粟山高六十二丈，周迴十八里二百步。山下有石人嶺，峭拔凝立，形如人狀，雙髻聳然。過嶺為西溪，居民數百家，聚為村市。相傳宋南渡時，高宗初至武林，以其地豐厚，欲都之。後得鳳凰山，乃云：「西溪且留下。」後人遂以名。地甚幽僻，多古梅，梅格短小，屈曲槎椏，大似黃山松。好事者至其地，買得極小者，列之盆池，以作小景。其地有秋雪庵，一片蘆花，明月映之，白如積雪，大是奇景。余謂西湖真江南錦繡之地，入其中者，目厭綺麗，耳厭笙歌，欲尋深溪盤谷，可以避世如桃源、菊水者，當以西溪為最。余友江道闇有精舍在西溪，招余同隱。余以鹿鹿風塵，未能赴之，至今猶有遺恨。

王稚登〈西溪寄彭欽之書〉：

留武林十日許，未嘗一至湖上，然遂窮西溪之勝。舟車程並十八里，皆行山雲竹靄中，衣袂盡綠。桂樹大者，兩人圍之不盡。樹下花覆地如黃金，山中人縛帚掃花售市上，每擔僅當脫粟之半耳。往歲行山陰道上，大歎其佳，此行似勝。

李流芳〈題西溪畫〉：

壬子正月晦日，同仲錫、子與自雲棲翻白沙嶺至西溪。夾路修篁，行兩山間，凡十里，至永興寺。永興山下夷曠，平疇遠村，幽泉老樹，點綴各各成致。自永興至岳廟又十里，梅花綿亙村落，彌望如雪，一似余家西磧山中。是日，飯永興，登樓嘯詠。夜還湖上小築，同孟暘、印持、子將痛飲。翼日出冊子畫此。癸丑十月烏鎮舟中題。

楊蟠〈西溪〉詩：

為愛西溪好，長憂溪水窮。山源春更落，散入野田中。

王思任〈西溪〉詩：

一嶺透天目，千溪叫雨頭。石雲開繡壁，山骨洗寒流。
鳥道苔衣滑，人家竹語幽。此行不作路，半武百年遊。

張岱〈秋雪庵詩〉：

古宕西溪天下聞，輞川詩是記游文。
庵前老荻飛秋雪，林外奇峰聳夏雲。
怪石稜層皆露骨，古梅結屈止留筋。
溪山步步堪盤礴，植杖聽泉到夕曛。

虎跑泉

虎跑寺本名定慧寺，唐元和十四年性空師所建。憲宗賜號曰廣福院。大中八年改大慈寺，僖宗乾符三年加「定慧」二字。宋末燬。元大德七年重建。又燬。明正德十四年，寶掌禪師重建。嘉靖十九年又燬。二十四年，山西僧永果再造。今人皆以泉名其寺云。先是，性空師為蒲阪盧氏子，得法於百丈海，來遊此山，樂其靈氣鬱盤，棲禪其中。苦於無水，意欲他徙。夢神人語曰：「師毋患水，南嶽有童子泉，當遣二虎驅來。」翼日，果見二虎跑地出泉，清香甘洌。大師遂留。明洪武十一年，學士宋濂朝京，道山下。主僧邀濂觀泉，寺僧披衣同舉梵咒，泉觱沸而出，空中雪舞。濂心異之，為作銘以記。城中好事者取以烹茶，日去千擔。寺中有調水符，取以為驗。

蘇軾〈虎跑泉〉詩：

亭亭石榻東峰上，此老初來百神仰。
虎移泉眼趨行腳，龍作浪花供撫掌。
至今遊人灌濯罷，臥聽空階環玦響。
故知此老如此泉，莫作人間去來想。

袁宏道〈虎跑泉〉詩：

竹林松澗淨無塵，僧老當知寺亦貧。
饑鳥共分香積米，枯枝常足道人薪。
碑頭字識開山偈，爐裡灰寒護法神。
汲取清泉三四盞，芽茶烹得與嘗新。

鳳凰山

唐宋以來，州治皆在鳳凰山麓。南渡駐蹕，遂為行宮。東坡云：「龍飛鳳舞入錢塘」，茲蓋其右翅也。自吳越以逮南宋，俱於此建都，佳氣扶輿，萃於一脈。元時惑於楊髡之說，即故宮建立五寺，築鎮南塔以厭之，而茲山到今落寞。今之州治，即宋之開元故宮，乃鳳凰之左翅也。明朝因之，而官司藩臬皆列左方，為東南雄會。豈非王氣移易，發洩有時也。故山川壇、八卦田、御教場、萬松書院、天真書院，皆在鳳凰山之左右焉。

蘇軾〈題萬松嶺惠明院壁〉：

余去此十七年，復與彭城張聖途、丹陽陳輔之同來。院僧梵英，葺治堂宇，比舊加嚴潔。茗飲芳烈，問：「此新茶耶？」英曰：「茶性，新舊交則香味復。」余嘗見知琴者，言琴不百年，則桐之生意不盡，緩急清濁，常與雨暘寒暑相應。此理與茶相近，故並記之。

徐渭〈八仙臺〉詩：

南山佳處有仙臺，臺畔風光絕素埃。
嬴女只教迎鳳入，桃花莫去引人來。
能令大藥飛雞犬，欲傍中央剪草萊。
舊伴自應尋不見，湖中無此最深隈。

袁宏道〈天真書院〉詩：

百尺頹牆在，三千舊事聞。野花粘壁粉，山鳥熵爐溫。
江亦學之字，田猶畫卦文。兒孫空滿眼，誰與薦荒芹。

宋大內

《宋元拾遺記》：高宗好耽山水，於大內中更造別院，曰小西湖。自遜位後，退居是地，奇花異卉，金碧輝煌，婦寺宮娥充斥其內，享年八十有一。按錢武肅王年亦八十一，而高宗與之同壽，或曰：「高宗即武肅後身也。」《南渡史》又云：「徽宗在汴時，夢錢王索還其地，是日即生高宗，後果南渡，錢王所轄之地，盡屬版圖。疇昔之夢，蓋不爽矣。」元興，楊璉真伽壞大內以建五寺，曰報國、曰興元、曰般若、曰仙林、曰尊勝，皆元時所建。按志，報國寺即垂拱殿，興元即芙蓉殿，般若即和寧門，仙林即延和殿，尊勝即福寧殿。雕樑畫棟，尚有存者。白塔計高二百丈，內藏佛經數十萬卷，佛像數千，整飾華靡。取宋南渡諸宗骨殖，雜以牛馬之骼，壓於塔下，名以鎮南。未幾，為雷所擊，張士誠尋燬之。

謝皋羽〈弔宋內〉詩：

複道垂楊草亂交，武林無樹是前朝。
野猿引子移來宿，攪盡花間翡翠巢。
隔江風雨動諸陵，無主園林草自春。
聞說光堯皆墮淚，女官猶是舊宮人。
紫宮樓閣逼流霞，今日淒涼佛子家。
寒照下山花霧散，萬年枝上掛袈裟。
禾黍何人為守閽，落花臺殿暗銷魂。
朝元閣下歸來燕，不見當時鸚鵡言。

黃晉卿〈弔宋內〉詩：

滄海桑田事渺茫，行逢遺老歎荒涼。
為言故國遊麋鹿，漫指空山號鳳凰。
春盡綠莎迷輦道，雨多蒼翠上宮牆。
遙知汴水東流畔，更有平蕪與夕陽。

趙孟頫〈宋內〉詩：

東南都會帝王州，三月鶯花非舊遊。
故國金人愁別漢，當年玉馬去朝周。
湖山靡靡今猶在，江水茫茫只自流。
千古興亡盡如此，春風麥秀使人愁。

劉基〈宋大內〉詩：

澤國繁華地，前朝此建都。青山彌百粵，白水入三吳。
艮嶽銷王氣，坤靈肇帝圖。兩宮千里恨，九子一身孤。
設險憑天塹，偷安負海隅。雲霞行殿起，荊棘寢園蕪。
幣帛敦和議，弓刀抑武夫。但聞當佇奏，不見立廷呼。
鬼蜮昭華衮，忠良賜屬鏤。何勞問社稷，且自作歡娛。
秔稻來吳會，龜黿出巨區。至尊巍北闕，多士樂西湖。
鷁首馳文舫，龍鱗舞繡襦。暖波搖襞積，涼月浸氍毹。
紫桂秋風老，紅蓮曉露濡。巨鰲擎擁劍，香飯漉雕胡。
蝸角乾坤大，鼇頭氣勢殊。秦庭迷指鹿，周室歎瞻烏。

白馬達京輦，銅駝擲路衢。舍容天地廣，養育羽毛俱。橘柚馳包貢，塗泥賦上腴。斷犀埋越棘，照乘走隋珠。弔古江山在，懷今歲月逾。鯨鯢空渤澥，歌詠已唐虞。鴟革愁何極，羊裘釣不迂。征鴻暮南去，回首憶蓴鱸。

梵天寺

梵天寺在山川壇後，宋乾德四年錢吳越王建，名南塔。治平十年，改梵天寺。元元統中燬，明永樂十五年重建。有石塔二、靈鰻井、金井。先是，四明阿育王寺有靈鰻井。武肅王迎阿育王舍利歸梵天寺奉之，鑿井南廊，靈鰻忽見，僧贊有記。東坡倅杭時，寺僧守詮住此。東坡過訪，見其壁間詩有：「落日寒蟬鳴，獨歸林下寺。柴扉夜未掩，片月隨行履。惟聞犬吠聲，又入青蘿去。」東坡援筆和之曰：「但聞煙外鐘，不見煙中寺。幽人行未已，草露濕芒履。惟應山頭月，夜夜照來去。」清遠幽深，其氣味自合。

蘇軾〈梵天寺題名〉：

余十五年前，杖藜芒履，往來南北山。此間魚鳥皆相識，況諸道人乎！再至惘然，皆晚生相對，但有愴恨。子瞻書。元祐四年十月十七日，與曹晦之、晁子莊、徐得之、王元直、秦少章同來，時主僧皆出，庭戶寂然，徙倚久之。東坡書。

勝果寺

勝果寺，唐乾寧間，無著禪師建。其地松徑盤紆，澗淙潺潺。羅剎石在其前，鳳凰山列其後，江景之勝無過此。出南塔而上，即其地也。宋熙寧間，在寺僧清順住此。順約介寡交，無大故不入城市。士夫有以米粟饋者，受不過數斗，盎貯几上，日取二三合啖之，蔬笋之供，恒缺乏也。一日，東坡至勝果，見壁間有小詩云：「竹暗不通日，泉聲落如雨。春風自有期，桃李亂深塢。」問誰所作，或以清順對。東坡即與接談，聲名頓起。

僧圓淨〈勝果寺〉詩：

深林容鳥道，古洞隱春蘿。天迥聞潮早，江空得月多。
冰霜叢草木，舟楫玩風波。巖下幽棲處，時聞白石歌。

僧處默〈勝果寺〉詩：

路自中峰上，盤迴出薜蘿。到江吳地盡，隔岸越山多。
古木叢青藹，遙天浸白波。下方城郭近，鐘磬雜笙歌。

五雲山

五雲山去城南二十里，岡阜深秀，林巒蔚起，高千丈，周迴十五里。沿江自徐村進路，繞山盤曲而上，凡六里，有七十二灣，石磴千級。山中有伏虎亭，梯以石城，以便往來。至頂半，岡名月輪山，上有天井，大旱不竭。東為大灣，北為馬鞍，西為雲塢，南為高麗，又東為排山。五峰森列，駕軼雲霞，俯視南北兩峰，若錐朋立。長江帶繞，西湖鏡開，江上帆檣，小若鷗鳧，出沒煙波，真奇觀也。宋時每歲臘前，僧必捧雪表進，黎明入城中，霰猶未集，蓋其地高寒，見雪獨早也。山頂有真際寺，供五福神，貿易者必到神前借本，持其所掛楮鏹去，獲利則加倍還之。借乞甚多，楮鏹恒缺。即尊神放債，亦未免窮愁。為之掀髯一笑。

袁宏道〈御教場小記〉：

余始慕五雲之勝，刻期欲登，將以次登南高峰。及一觀御教場，遊心頓盡。石簣嘗以余不登保俶塔為笑。余謂西湖之景，愈下愈勝，高則樹薄山瘦，草髡石禿，千頃湖光，縮為杯子。北高峰、御教場是其樣也。雖眼界稍闊，然此軀長不逾六尺，窮目不見十里，安用許大地方為哉！石簣無以難。

雲棲

雲棲，宋熙寧間有僧志逢者居此，能伏虎，世稱伏虎禪師。天僖中，賜「真濟院」額。明弘治間為洪水所圮。隆慶五年，蓮池大師名袾宏，字佛慧，仁和沈氏子，為博士弟子，試必高等，性好清淨，出入二氏。子殤婦歿。一日閱《慧燈集》，失手碎茶甌，有省，乃視妻子為鶻臭布衫，於世相一筆盡勾。作歌寄意，棄而專事佛，雖學使者屠公力挽之，不回也。從蜀師剃度受具，游方至伏牛，坐煉囈語，忽現舊習，而所謂一筆勾者，更隱隱現。去經東昌府謝居士家，乃更釋然，作偈曰：「二十年前事可疑，三千里外遇何奇。焚香執戟渾如夢，魔佛空爭是與非。」當是時，似已惑破心空，然終不自以為悟。歸得古雲棲寺舊址，結茅默坐，懸鐺煮糜，日僅一食。胸掛鐵牌，題曰：「鐵若開花，方與人說。」久之，檀越爭為構室，漸成叢林，弟子日進。其說主南山戒律，東林淨土，先行《戒疏發隱》，後行《彌陀疏鈔》。一時江左諸儒皆來就正。王侍郎宗沐問：「夜來老鼠唧唧，說盡一部《華嚴經》？」師云：「貓兒突出時如何？」自代云：「走卻法師，留下講案。」又書頌云：「老鼠唧唧，《華嚴》歷歷。奇哉王侍郎，卻被畜生惑。貓兒突出畫堂前，床頭說法無消息。大方廣佛《華嚴經》，世主妙嚴品第一。」其持論嚴正，詁解精微。監司守相下車就語，侃侃略無屈。海內名賢，望而心折。孝定皇太后繪像宮中禮焉，賜蟒袈裟，不敢服，破衲敝幃，終身無改。齋惟蔬菜。有至寺者，高官輿從，一概平等，几無加豆。仁和樊令問：「心雜亂，何時得靜？」師曰：「置之一處，無事不辦。」坐中一士人曰：「專格一物，是置之一處，辨得何事？」師曰：「論格物，只當依朱子豁然貫通去，何事不辨得？」或問：「何不貴前知？」師曰：「譬如兩人觀《琵琶記》，一人不曾見，一人見而預道之，畢竟同看終場，能增減一齣否耶？」甬東屠隆於淨慈寺迎師觀所著《曇花傳奇》，虞淳熙以師梵行素嚴阻之。師竟偕諸紳衿臨場諦觀訖，無所忤。寺必設戒，絕鈸釧聲，而時撫琴弄簫，以樂其脾神。晚著《禪關策進》。其所述，峭似高峰、冷似冰者，庶幾似之矣。喜樂天之達，選行其詩。平居笑談諧謔，灑脫委蛇，有永公清散之風。未嘗一味槁木死灰，若宋旭所議擔板漢，真不可思議人也。出家五十年，種種具囑語中。萬曆乙卯六月晦日，書辭諸友，還山設齋，分表施襯，若將遠行者。七月三日，卒仆不語，次日復醒。弟子輩問後事，舉囑語對。四日之午，命移面西向，循首開目，同無疾時，哆哪念佛，趺坐而逝。往吳有神李曇降乩山，謂師是古佛。而楊靖安萬春嘗見師現佛身，施食吳中。一信士窺空室，四鬼持燈至，忽列三蓮座，師坐其一，佛像也。乩仙之靈者云，張果聽師說《心賦》於永明。李屯部婦素不信佛，偏受師戒，逾年屈三指化，云身是梵僧阿那吉多。而僧俗將坐脫時，多請說戒、說法。然師自名凡夫，諸事恐呵責，不敢以聞。化前一日，漏語見一大蓮華蓋，不復能秘其往生之奇云。

袁宏道〈雲棲小記〉：

雲棲在五雲山下，籃輿行竹樹中，七八里始到，奧僻非常，蓮池和尚棲止處也。蓮池戒律精嚴，於道雖不大徹，然不為無所見者。至於單提念佛一門，則尤為直捷簡要，六個字中，旋天轉地，何勞捏目更趨狂解，然則雖謂蓮池一無所悟可也。一無所悟，是真阿彌，請急著眼。

李流芳〈雲棲春雪圖跋〉：

余春夏秋常在西湖，但未見寒山而歸。甲辰，同二王參雲棲。時已二月，大雪盈尺。出赤山步，一路瓊枝玉幹，披拂照曜。望江南諸山，皚皚雲端，尤可愛也。庚戌秋，與白民看雪雨堤。余既歸，白民獨留，遲雪至臘盡。是歲竟無雪，怏怏而返。世間事各有緣，固不可以意求也。癸丑陽月題。

又〈題雪山圖〉：

甲子嘉平月九日，大雪，泊舟閶門，作此圖。憶往歲在西湖遇雪，雪後兩山出雲，上下一白，不辯其為雲為雪也。余畫時目中有雪，而意中有雲，觀者指為雲山圖，不知乃畫雪山耳。放筆一笑。

張岱〈贈蓮池大師柱對〉：

說法平臺，生公一語石一語。
棲真斗室，老僧半間雲半間。

六和塔

月輪峰在龍山之南。月輪者，肖其形也。宋張君房為錢塘令，宿月輪山，夜見桂子下塔，霧旋穗散墜如牽牛子。峰旁有六和塔，宋開寶三年，智覺禪師築之以鎮江潮。塔九級，高五十餘丈，撐空突兀，跨陸府川。海船方泛者，以塔燈為之嚮導。宣和中，燬於方臘之亂。紹興二十三年，僧智曇改造七級。明嘉靖十二年燬。中有湯思退等彙寫《佛說四十二章》、李伯時石刻觀音大士像。塔下為渡魚山，隔岸剡中諸山，歷歷可數也。

李流芳〈題六和塔曉騎圖〉：

燕子磯上臺，龍潭驛口路。昔時並馬行，夢中亦同趣。後來五雲山，遙對西興渡。絕壁瞰江立，恍與此境遇。人生能幾何，江山幸如故。重來復相攜，此樂不可喻。置身畫圖中，那復言歸去。行當尋雲棲，雲棲渺何處。此予甲辰與王淑士平仲參雲棲舟中為題畫詩，今日展予所畫〈六和塔曉騎圖〉，此境恍然，重為題此。壬子十月六日，定香橋舟中。

吳琚〈六和塔應制〉詞：

玉虹遙掛，望青山、隱隱如一抹。忽覺天風吹海立，好似春雷初發。白馬凌空，瓊鼇駕水，日夜朝天闕。飛龍舞鳳，鬱蔥環拱吳越。　此景天下應無，東南形勝，偉觀真奇絕。好似吳兒飛彩幟，蹴起一江秋雪。黃屋天臨，水犀雲擁，看擊中流楫。晚來波靜，海門飛上明月。（右調〈酹江月〉）

楊維楨〈觀潮〉詩：

八月十八睡龍死，海龜夜食羅刹水。
須臾海鬬黿赭門，地捲銀龍薄於紙。
艮山移來天子宮，宮前一箭隨西風。
劫灰欲洗蛇鬼穴，婆留折鐵猶爭雄。
望海樓頭誇景好，斷鼇已走金銀島。

天吳一夜海水移，馬蹀沙田食沙草。
厓山樓船歸不歸，七歲呱呱啼軹道。

徐渭〈映江樓看潮〉詩：

魚鱗金甲屯牙帳，翻身卻指潮頭上。
秋風吹雪下江門，萬里瓊花捲層浪。
傳道吳王渡越時，三千強弩射潮低。
今朝筵上看傳令，暫放胥濤掣水犀。

鎮海樓

鎮海樓舊名朝天門，吳越王錢氏建。規石為門，上架危樓。樓基壘石，高四丈四尺，東西五十六步，南北半之。左右石級登樓，樓連基高十有一丈。元至正中，改拱北樓。明洪武八年，更名來遠樓，後以字畫不祥，乃更名鎮海。火於成化十年，再造於嘉靖三十五年，是年九月又火，總制胡宗憲重建。樓成，進幕士徐渭曰：「是當記，子為我草。」草就以進，公賞之，曰：「聞子久僑矣。」趣召掌計，廩銀之兩百二十為秀才廬。渭謝侈不敢。公曰：「我愧晉公，子於是文，乃遂能愧湜，倘用福先寺事數字以責我酬，我其薄矣，何侈為！」渭感公語，乃拜賜持歸。盡橐中賣文物如公數，買城東南地十畝，有屋二十有二間，小池二，以魚以荷；木之類，果木材三種，凡數十株；長籬亙畝，護以枸杞，外有竹數十個，笋迸雲。客至，網魚燒笋，佐以落果，醉而詠歌。始屋陳而無次，稍序新之，遂顏其堂曰「酬字」。

徐渭〈鎮海樓記〉：

鎮海樓相傳為吳越錢氏所建，用以朝望汴京，表臣服之意。其基址、樓臺、門戶、欄楯，極高廣壯麗，具載別志中。樓在錢氏時，名朝天門。元至正中，更名拱北樓。皇明洪武八年，更名來遠。時有術者病其名之書畫不祥，後果驗，乃更今名。火於成化十年，再建於嘉靖三十五年，九月又火。予奉命總督直浙閩軍務，開府于杭，而方移師治寇，駐嘉興，比歸，始與某官某等謀復之。人有以不急病者。予曰：「鎮海樓建當府城之中，跨通衢，截吳山麓，其四面有名山大海、江湖潮汐之勝，一望蒼茫，可數百里。民廬舍百萬戶，其間村市官私之景，不可億計，而可以指顧得者，惟此樓為傑特之觀。至於島嶼浩渺，亦宛在吾掌股間。高翥長騫，有俯壓百蠻氣。而東夷之以貢獻過此者，亦往往瞻拜低回而始去。故四方來者，無不趨仰以為觀遊的。如此者累數百年，而一旦廢之，使民若失所歸，非所以昭太平、悅遠邇。非特如此已也，其所貯鐘鼓刻漏之具，四時氣候之榜，令民知昏曉，時作息，寒暑啟閉，桑麻種植漁佃，諸如此類，是居者之指南也。而一旦廢之，使民懵然迷所往，非所以示節序，全利用。且人傳錢氏以臣服宋而建，此事昭著已久。至方國珍時，求緩死於我高皇，猶知借鏐事以請。誠使今海上群醜而亦得知錢氏事，其祈款如珍之初詞，則有補於臣道不細，顧可使其跡湮沒而不章耶？予職清海徼，視今日務，莫有急於此者。公等第營之，毋浚徵於民，而務先以己。」於是予與某官某等，捐於公者計銀凡若干，募於民者若干。遂集工材，始事於某年月日。計所構，甃石為門，上架樓，樓基壘石，高若干丈尺。東西若干步，南北半之。左右級曲而達於樓，樓之高又若干丈。凡七楹，礎百。巨鐘一，鼓大小九，時序榜各有差，貯其中，悉如成化時制。蓋歷幾年月而成。始樓未成時，劇寇滿海上，予移師往討，日不暇至。於今五年，寇劇者禽，來者遁，居者慴，不敢來，海始晏然，而樓適成，故從其舊名「鎮海」。

張岱〈鎮海樓〉詩：

錢氏稱臣歷數傳，危樓突兀署朝天。
越山吳地方隅盡，大海長江指顧連。
使到百蠻皆禮拜，潮來九折自盤旋。
成嘉到此經三火，皆值王師靖海年。

都護當年築廢樓，文長作記此中游。
適逢困鱷來投轄，正值饑鷹自下鞲。
嚴武題詩屬杜甫，曹瞞拆字忌楊修。
而今縱有青藤筆，更討何人數字酬！

伍公祠

吳王既賜子胥死，乃取其尸，盛以鴟夷之革，浮之江中。子胥因流揚波，依潮來往，蕩激堤岸，勢不可御。或有見其銀鎧雪獅，素車白馬，立在潮頭者，遂為之立廟。每歲仲秋既望，潮水極大，杭人以旗鼓迎之。弄潮之戲，蓋始於此。宋大中祥符間，賜額曰「忠靖」，封英烈王。嘉、熙間，海潮大溢。京兆趙與權禱於神，水患頓息，乃奏建英衛閣於廟中。元末燬，明初重建。有唐盧元輔《胥山銘序》、宋王安石《廟碑銘》。

高啟〈伍公祠〉詩：

地大天荒霸業空，曾於青史歎遺功。
鞭屍楚墓生前孝，抉眼吳門死後忠。
魂壓怒濤翻白浪，劍埋冤血起腥風。
我來無限傷心事，盡在吳山煙雨中。

徐渭〈伍公廟〉詩：

吳山東畔伍公祠，野史評多無定詞。
舉族何辜同刈草，後人卻苦論鞭屍。
退耕始覺投吳早，雪恨終嫌入郢遲。
事到此公真不幸，鐲鏤依舊遇夫差。

張岱〈伍相國祠〉詩：

突兀吳山雲霧迷，潮來潮去大江西。
兩山吞吐成婚嫁，萬馬奔騰應鼓鼙。
清濁溷淆天覆地，玄黃錯雜血連泥。
旌幢幡蓋威靈遠，檄到娥江取候齊。
從來潮汐有神威，鬼氣陰森白日微。
隔岸越山遺恨在，到江吳地故都非。
錢塘一臂鞭雷走，龕赭雙頤噀雪飛。
燈火滿江風雨急，素車白馬相君歸。

城隍廟

吳山城隍廟，宋以前在皇山，舊名永固，紹興九年徙建於此。宋初，封其神，姓孫名本。永樂時，封其神，為周新。新，南海人，初名日新。文帝常呼「新」，遂為名。以舉人為大理寺評事，有疑獄，輒一語決白之。永樂初，拜監察御史，彈劾敢言，人目為「冷面寒鐵」。長安中以其名止兒啼。轉雲南按察使，改浙江。至界，見群蚋飛馬首，尾之蓁中，得一暴屍，身餘一鑰、一小鐵識。新曰：「布賈也。」收取之。既至，使人入市市中布，一一驗其端，與識同者皆留之。鞫得盜，召屍家人與布，而置盜法，家人大驚。新坐堂，有旋風吹葉至，異之。左右曰：「此木城中所無，一寺去城差遠，獨有之。」新曰：「其寺僧殺人乎？而冤也。」往樹下，發得一婦人屍。他日，有商人自遠方夜歸，將抵舍，潛置金叢祠石罅中，旦取無有。商白新。新曰：「有同行者乎？」曰：「無有。」「語人乎？」曰：「不也，僅語小人妻。」新立命械其妻，考之，得其盜，則其私也。則客暴至，私者在伏匿聽取之者也。凡新為政，多類此。新行部，微服視屬縣，縣官觸之，收繫獄，遂盡知其縣中疾苦。明日，縣人聞按察使來，共迓不得。新出獄曰：「我是。」縣官大驚。當是時，周廉使名聞天下。錦衣衛指揮紀綱者最用事，使千戶探事浙中，千戶作威福受賕。會新入京，遇諸涿，即捕千戶繫涿獄。千戶逸出，訴綱，綱更誣奏新。上怒，逮之，即至，抗嚴陛前曰：「按察使擒治奸惡，與在內都察院同，陛下所命也，臣奉詔書死，死不憾矣。」上愈怒，命戮之。臨刑大呼曰：「生作直臣，死作直鬼！」是夕，太史奏文星墜，上不懌，問左右周新何許人。對曰：「南海。」上曰：「嶺外乃有此人。」一日，上見緋而立者，叱之，問為誰。對曰：「臣新也。上帝謂臣剛直，使臣城隍浙江，為陛下治奸貪吏。」言已不見。遂封新為浙江都城隍，立廟吳山。

張岱〈吳山城隍廟〉詩：

宣室殷勤問賈生，鬼神情狀不能名。
見形白日天顏動，浴血黃泉御座驚。
革伴鴟夷猶有氣，身殉豺虎豈無靈。
只愁地下龍逢笑，笑爾奇冤遇聖明。

尚方特地出楓宸，反向西郊斬直臣。
思以鬼言回聖主，還將尸諫退僉人。
血誠無藉丹為色，寒鐵應教金鑄身。
坐對江潮多冷面，至今冤氣未曾伸。

又〈城隍廟柱銘〉：

厲鬼張巡，敢以血身汙白日。
閻羅包老，原將鐵面比黃河。

火德廟

火德祠在城隍廟右，內為道士精廬。北眺西冷，湖中勝概，盡作盆池小景。南北兩峰如研山在案，明聖二湖如水盂在几。窗櫺門槔凡見湖者，皆為一幅圖畫。小則斗方，長則單條，闊則橫披，縱則手卷，移步換影。若遇韻人，自當解衣盤礴。畫家所謂水墨丹青，淡描濃抹，無所不有。昔人言「一粒粟中藏世界，半升鐺裡煮山川」，蓋謂此也。火居道士能為陽羨書生，則六橋三竺，皆是其鵝籠中物矣。

張岱〈火德祠〉詩：

中郎評看湖，登高不如下。千頃一湖光，縮為杯子大。
余愛眼界寬，大地收隙罅。甕牖與窗櫺，到眼皆圖畫。
漸入亦漸佳，長康食甘蔗。數筆倪雲林，居然勝荊、夏。
刻畫非不工，淡遠長聲價。余愛道士廬，寧受中郎罵。

芙蓉石

芙蓉石今為新安吳氏書屋。山多怪石危巒，綴以松柏，大皆合抱。階前一石，狀若芙蓉，為風雨所墜，半入泥沙。較之寓林奔雲，尤為茁壯。但恨主人深愛此石，置之懷抱，半步不離，樓榭逼之，反多隘塞。若得礎柱相讓，脫離丈許，松石間意，以淡遠取之，則妙不可言矣。吳氏世居上山，主人年十八，身無寸縷，人輕之，呼為吳正官。一日早起，拾得銀簪一枝，重二銖，即買牛血煮之以食破落戶。自此經營五十餘年，由徽抵燕，為吳氏之典鋪八十有三。東坡曰：「一簪之資，可以致富。」觀之吳氏，信有然矣。蓋此地為某氏花園，先大夫以三百金折其華屋，徙造寄園，而吳氏以厚值售其棄地，在當時以為得計。而今至吳園，見此怪石奇峰，古松茂柏，在懷之璧，得而復失，真一回相見，一回懊悔也。

張岱〈芙蓉石〉詩：

吳山為石窟，是石必玲瓏。此石但渾樸，不復起奇峰。
花瓣幾層折，墮地一芙蓉。癡然在草際，上覆以長松。
濯磨如結鐵，蒼翠有苔封。主人過珍惜，周護以牆墉。
恨無舒展地，支鶴閉韜籠。僅堪留几席，聊為怪石供。

雲居庵

雲居庵在吳山，居鄙。宋元祐間，為佛印禪師所建。聖水寺，元元貞間，為中峰禪師所建。中峰又號幻住，祝髮時，有故宋宮人楊妙錫者，以香盒貯髮，而舍利叢生，遂建塔寺中，元末燬。明洪武二十四年，並聖水於雲居，賜額曰雲居聖水禪寺。歲久殿圮，成化間僧文紳修復之。寺中有中峰自寫小像，上有贊云：「幻人無此相，此相非幻人。若喚作中峰，鏡面添埃塵。」向言六橋有千樹桃柳，其紅綠為春事淺深，雲居有千樹楓柏，其紅黃為秋事淺深，今且以薪以薙，不可復問矣。曾見李長蘅題畫曰：「武林城中招提之勝，當以雲居為最。山門前後皆長松，參天蔽日，相傳以為中峰手植，歲久，浸淫為寺僧剪伐，什不存一，見之輒有老成凋謝之感。去年五月，自小築至清波訪友寺中，落日坐長廊，沽酒小飲已，裴回城上，望鳳凰南屏諸山，沿月踏影而歸。翌日，遂為孟暘畫此，殊可思也。」

李流芳〈雲居山紅葉記〉：

余中秋看月於湖上者三，皆不及待紅葉而歸。前日舟過塘棲，見數樹丹黃可愛，躍然思靈隱、蓮峰之約，今日始得一踐。及至湖上，霜氣未遍，雲居山頭，千樹楓柏尚未有酣意，豈余與紅葉緣尚慳與？因憶往歲忍公有代紅葉招余詩，余亦率爾有答，聊記於此：「二十日西湖，領略猶未了。一朝別爾歸，此遊殊草草。當我欲別時，千山秋已老。更得少日留，霜酣變林杪。子常為我言，靈隱楓葉好。千紅與萬紫，亂插向晴昊。爛然列錦鏽，森然建旗旐。一生未得見，何異說食飽。」

高啟〈宿幻住棲霞臺〉詩：

窗白鳥聲曉，殘鐘渡溪水。此生幽夢迴，獨在空山裡。
松巖留佛燈，葉地響僧履。予心方湛寂，閒臥白雲起。

夏原吉〈雲居庵〉詩：

誰闢雲居境，峨峨瞰古城。兩湖晴送碧，三竺曉分青。
經鎖千函妙，鐘鳴萬戶驚。此中真可樂，何必訪蓬瀛。

徐渭〈雲居庵松下眺城南〉詩：

夕照不曾殘，城頭月正團。霞光翻鳥墮，江色上松寒。
市客屠俱集，高空醉屢看。何妨高漸離，抱卻筑來彈。
（城下有瞽目者善彈詞。）

施公廟

施公廟在石烏龜巷，其神為施全，宋殿前小校也。紹興二十年二月朔，秦檜入朝，乘肩輿過望仙橋，全挾長刃遮道刺之，透革不中，檜斬之於市，觀者如堵牆，中有一人大言曰：「此不了漢，不斬何為！」此語甚快。秦檜奸惡，天下萬世人皆欲殺之，施全刺之，亦天下萬世中一人也。其心其事，原不為岳鄂王起見，今傳奇以全為鄂王部將，而岳墳以全入之翊忠祠，則施全此舉，反不公不大矣。後人祀公於此，而不配享岳墳，深得施公之心矣。

張岱〈施公廟〉詩：

施殿司，不了漢，刺虎不傷蛇不斷。受其反噬齒利劍，殺人媚人報可汗。厲鬼街頭白晝現，老奸至此揜其面。邀呼簇擁遮車幔，棄屍漂泊錢塘岸。怒捲胥濤走雷電，雪巘移來天地變。

三茅觀

三茅觀在吳山西南。三茅者，兄弟三人，長曰盈，次曰固，季曰衷，秦初咸陽人也。得道成仙，自漢以來，即崇祀之。第觀中三像，一立、一坐、一臥，不知何說。以意度之，或以行立坐臥，皆是修煉功夫，教人不可蹉過耳。宋紹興二十年，因東京舊名，賜額曰「寧壽觀」。元至元間燬，明洪武初重建。成化十年建昊天閣。嘉靖三十五年，總制胡宗憲以平島夷功，奏建真武殿。萬曆二十一年，司禮孫隆重修，並建鍾翠亭、三義閣。相傳觀中有褚遂良小楷《陰符經》墨蹟。景定庚申，宋理宗以賈似道有江漢功，賜金帛巨萬，不受，詔就本觀取《陰符經》，以酬其功。此事殊韻，第不應於賈似道當之耳。余嘗謂曹操、賈似道千古奸雄，乃詩文中之有曹孟德，書畫中之有賈秋壑，覺其罪業滔天，減卻一半。方曉詩文書畫，乃能懺悔惡人如此。凡人一竅尚通，可不加意詩文，留心書畫哉？

徐渭〈三茅觀觀潮〉詩：

黃幡繡字金鈴重，仙人夜語騎青鳳。
寶樹攢攢搖綠波，海門數點潮頭動。
海神罷舞迴腰窄，天地有身存不得。
誰將練帶括秋空？誰將古概量春雪？
黑鼇載地幾萬年，晝夜一身神血乾。
升沉不守瞬息事，人間白浪今如此。
白日高高慘不光，冷虹隨身縈城隍。
城中那得知城外，卻疑寒色來何方。

鹿苑草長文殊死，獅子隨人吼祇樹。
吳山石頭坐秋風，帶著高冠拂雲霧。

又〈三茅觀眺雪〉詩：

高會集黃冠，琳宮夜坐闌。梅芳成蕊易，雪謝作花難。
簷月沉懷暖，江峰入坐寒。暮鴉驚炬火，飛去破煙嵐。

紫陽庵

紫陽庵在瑞石山。其山秀石玲瓏，巖竇窈窕。宋嘉定間，邑人胡傑居此。元至元間，道士徐洞陽得之，改為紫陽庵。其徒丁野鶴修煉於此。一日，召其妻王守素入山，付偈云：「懶散六十年，妙用無人識。順逆俱兩忘，虛空鎮長寂。」遂抱膝而逝。守素乃奉屍而漆之，端坐如生。妻亦束髮為女冠，不下山者二十年。今野鶴真身在殿亭之右。亭中名賢留題甚眾。其庵久廢，明正統甲子，道士范應虛重建，聶大年為記。萬曆三十一年，布政史繼辰范涞構空翠亭，撰《紫陽仙跡記》，繪其圖景並名公詩，並勒石亭中。

李流芳〈題紫陽庵畫〉：

南山自南高峰邐迤而至城中之吳山，石皆奇秀一色，如龍井、煙霞、南屏、萬松、慈雲、勝果、紫陽，一巖一壁，皆可累日盤桓。而紫陽精巧，俯仰位置，一一如人意中，尤奇也。余己亥歲與淑士同遊，後數至湖上，以畏入城市，多放浪兩山間，獨與紫陽隔闊。辛亥偕方回訪友雲居，乃復一至，蓋不見十餘年，所往來於胸中者，竟失之矣。山水絕勝處，每恍惚不自持，強欲捉之，縱之旋去。此味不可與不知痛癢者道也。余畫紫陽時，又失紫陽矣。豈獨紫陽哉，凡山水皆不可畫，然不可不畫也，存其恍惚而已矣。書之以發孟暘一笑。

袁宏道〈紫陽宮小記〉：

余最怕入城。吳山在城內，以是不得遍觀，僅匆匆一過紫陽宮耳。紫陽宮石，玲瓏窈窕，變態橫出，湖石不足方比，梅花道人一幅活水墨也。奈何辱之郡郭之內，使山林懶僻之人親近不得，可歎哉。

王稚登〈紫陽庵丁真人祠〉詩：

丹壑斷人行，琪花洞裡生。亂崖兼地破，群象逐峰成。
一石一雲氣，無松無水聲。丁生化鶴處，蛻骨不勝情。

董其昌〈題紫陽庵〉詩：

初鄰塵市點靈峰，徑轉幽深紺殿重。
古洞經春猶悶雪，危厓百尺有欹松。
清猿靜叫空壇月，歸鶴愁聞故國鐘。
石髓年來成汗漫，登臨須愧羽人蹤。

釀文學181　PG1273

張岱的明末生活記憶
——《陶庵夢憶》與《西湖夢尋》合刊

作　　者	張　岱
主　　編	蔡登山
責任編輯	陳佳怡
圖文排版	連婕妘
封面設計	蔡瑋筠

出版策劃	釀出版
製作發行	秀威資訊科技股份有限公司 114 台北市內湖區瑞光路76巷65號1樓 電話：+886-2-2796-3638　傳真：+886-2-2796-1377 服務信箱：service@showwe.com.tw http://www.showwe.com.tw
郵政劃撥	19563868　戶名：秀威資訊科技股份有限公司
展售門市	國家書店【松江門市】 104 台北市中山區松江路209號1樓 電話：+886-2-2518-0207　傳真：+886-2-2518-0778
網路訂購	秀威網路書店：http://www.bodbooks.com.tw 國家網路書店：http://www.govbooks.com.tw
法律顧問	毛國樑　律師
總 經 銷	聯合發行股份有限公司 231新北市新店區寶橋路235巷6弄6號4F 電話：+886-2-2917-8022　傳真：+886-2-2915-6275

出版日期	2015年2月　BOD一版
定　　價	350元

國家圖書館出版品預行編目

張岱的明末生活記憶：《陶庵夢憶》與《西湖夢尋》合刊 / (明) 張岱原著；蔡登山主編. -- 一版. -- 臺北市：釀出版, 2015.02

面； 公分

BOD版

ISBN 978-986-5696-76-4 (平裝)

846.9 103028060

讀者回函卡

感謝您購買本書，為提升服務品質，請填妥以下資料，將讀者回函卡直接寄回或傳真本公司，收到您的寶貴意見後，我們會收藏記錄及檢討，謝謝！

如您需要了解本公司最新出版書目、購書優惠或企劃活動，歡迎您上網查詢或下載相關資料：http:// www.showwe.com.tw

您購買的書名：________________________________

出生日期：________年________月________日

學歷：□高中（含）以下　□大專　□研究所（含）以上

職業：□製造業　□金融業　□資訊業　□軍警　□傳播業　□自由業

□服務業　□公務員　□教職　□學生　□家管　□其它_____

購書地點：□網路書店　□實體書店　□書展　□郵購　□贈閱　□其他

您從何得知本書的消息？

□網路書店　□實體書店　□網路搜尋　□電子報　□書訊　□雜誌

□傳播媒體　□親友推薦　□網站推薦　□部落格　□其他__________

您對本書的評價：（請填代號　1.非常滿意　2.滿意　3.尚可　4.再改進）

封面設計____　版面編排____　內容____　文／譯筆____　價格____

讀完書後您覺得：

□很有收穫　□有收穫　□收穫不多　□沒收穫

對我們的建議：________________________________

____

____

____

請貼
郵票

11466
台北市內湖區瑞光路 76 巷 65 號 1 樓
秀威資訊科技股份有限公司 收
BOD 數位出版事業部

....

（請沿線對折寄回，謝謝！）

姓　　名：______________　年齡：________　性別：□女　□男

郵遞區號：□□□□□

地　　址：______________________________

聯絡電話：(日) ______________ (夜) ______________

E-mail：______________________________